御曹司だからと容赦しません⁉

目次

御曹司だからと容赦しません!?

プロローグ　あなたは一体誰？

――あんなの、大したことない。

――何言ってるのよ！　あのデザインの素晴らしさがわからないの!?　斜面を生かした半地下の寝室も、全面ガラス張りで海が見渡せる広いリビングも、斬新なのにとても落ち着ける雰囲気で、素敵だったわ！　あんなデザインができるなんて、素晴らしい才能よ！

――あんなに素敵な作品を生み出したのだから、素敵な恋だったに違いないでしょ！　そりゃ叶わなかったのかもしれないけど、それでもこんなに人を感動させる力があるんだから！

――世界中の誰もが否定しても、私が肯定するわよ！　あなたの恋は素晴らしかったって！

……そう言った時。その人はなんて答えたのだろう――

ぼんやりとした記憶の中、熱くて滑《なめ》らかなものに包まれて、どきどきして、気持ち良くて……痛かった、気がした。

＊＊＊

「……ん……」

微《かす》かに水音が聞こえる。ぼうっとしながら重いまぶたを開けると、見覚えのない白い天井が目に入ってきた。

「え……？　ここどこ……っ⁉」

起き上がろうとした途端、鈍い痛みが身体の奥に走る。え、どうして？　と思いつつ上掛けをめくると――

「っ！！！！！！」

（はっ、はははは裸っ⁉）

何も着ていない。しかも、胸の膨らみや太腿《ふともも》に赤い痕《あと》が付いている。下腹部が重だるくて、鈍く痛い。

（これって！　これって！　まさかっ⁉）

さあああっと血の気が引く。どう見ても……事後だ。

シャアアア……

（っ！　シャワーの音⁉）

慌てて辺りを見回すと、ここは大きなダブルベッドがある室内で、音は白いドアの向こうから聞こえてきているようだ。床には、あちらこちらに洋服が散らばっている。自分が着ていたリクルートスーツに交ざった……男物のスラックス。

（あああああ！）

――その時の私の頭には、「とにかく逃げよう！」としか思い浮かばなかった。大急ぎで服をかき集めて身に着け、服と同じく床に転がっていた肩掛けバッグを拾って、誰かがシャワーを止める前に部屋から飛び出した。

綺麗なホテルのロビーから最寄りの駅まで、全速力で走り抜けた。改札口の前でようやく立ち止まり、はあはあと荒い息を吐く。

「一体……何があったの？？？？」

何も、覚えてない。でも、肌に残った痕《あと》と身体の痛みからして、絶対……ヤッテシマッタ、と思う。

（誰と!?　だって、昨日は！）

住宅会社数社が合同で企画した、由緒《ゆいしょ》ある住宅デザイン賞の結果発表日。学生でも応募できたから、何度も練り直したデザインを持ち込み、どきどきしながら発表を待った。発表会場であるホテルの大広間は立ち見する人で溢《あふ》れていて、小柄な私は前がよく見えなかった。なので、広間のすぐ隣の会議室でも授賞式の映像が見られると聞き、そちらに移動して確認したのだ。会議室のモニターに映された大賞作品は――私のじゃなかった。

――でも、その作品は、本当に素晴らしくて……一目で惚れ込んでしまった。チーム名で呼ばれて前に出た受賞者は背の高い男の人だったけど、その瞬間モニターがおかしくなり、映像が乱れてよく見えなくなった。直接見ようと大広間に移動したけれど、やっぱり満員の人でなかなか会場に入れず、そうこうしているうちに授賞式は終わってしまい、結局彼が誰だったのかはわからないまま。

その後開かれた交流会で会えるかも、と参加して、見たことない洋酒を飲んでみたら意外に美味《お》《い》しくて、つい飲みすぎてしまって——

「……以後、記憶がない……」

がっくりと肩を落とす。ああなっていたってことは、相手は授賞式の参加者である可能性が高いけれど、デザイン会社の社員も出ていたし、スタッフとして参加した学生や一般の聴講者もいたし……知り合いなんて一人もいなかったのに、一体誰とどうなってあんなことに。

「あああああ」

何も思い出せない。誰かと言い合っていたような記憶の欠片《かけら》しか、自分の中には残っていない。

「初めてだっていうのに……覚えてないなんて……」

酔っ払って初体験して、しかも忘れるなんて、サイアク。こんなの、誰にも言えるわけない。

「とにかく……産婦人科に行かないと」

鈍い痛みはあるけれど、身体の状態からすると、ちゃんと避妊はしてくれていた……と思う。だけど、念のため受診した方がいいよね。

はあああ、と重い溜息をついた私は、スマホで病院を検索した後、これまた重い身体を引き摺《ず》って、改札口の中に入っていったのだった。

1　御曹司だからと、容赦しません！

「……今回は穂高《ほだか》のデザインで行こう。緩やかな曲線メインのフォルムが、クライアントもお気に召したようだ。社長以下、役員の評判も非常に良かったぞ」

「ありがとうございます、竹田《たけだ》課長」

（また！　負けた……っ！）

人知れず拳を握り締めた私、三森香苗《みもりかなえ》の目の前で、爽《さわ》やかな笑顔と共に課長と向き合う男。

身長百五十三センチの私より、余裕で頭一つ分以上背が高いヤツは、茶髪がかった明るい髪に、少し栗色の混ざった不思議な瞳をしていて、鼻筋高く整った顔付きはまるで王子様のようだと社内で評判だ。肩幅も広く、ライトグレーのスーツを着ていても鍛えられた身体がわかる。こちらからは顔が見えないけれど、きっと自慢げな表情をしているに違いない――！

（あいつの背中が私の熱視線で、焦げ焦げに焦げたらいいのにっ……！）

「また穂高だったわねえ。残念ね、香苗」

「冬子《とうこ》」

後ろを振り向くと、ひょいと穂高の方に顔を向ける九条《くじょう》冬子がいた。私より背が高い彼女は艶《つや》やかでストレートな黒髪のスレンダー美人で、『モデルの方が向いているんじゃないか』なんて言われていたりする。今もソフトデニムのパンツを、格好良く着こなしていた。

「しっかし、香苗って懲《こ》りないわよねえ。いい加減、穂高に突っかかるの、やめたら？」

「なんでよ？」

冬子が横目で穂高を見る。私も釣られて、まだ課長と話している彼を見た。

HODAKA DESIGN COMPANYは、個人住宅を始め、学校や公園などの公共施設、高層ビルのデザインも手がける一流デザイン会社だ。ここ十年は建築以外の分野にも幅を広げている、成長企業の一つ。社長の穂高実《みのる》は、アジアスポーツ大会が日本で開催された時、メイン会場となった陸上競技場をデザインして有名になった。

……そして穂高優《ゆう》は、私の同期にして社長令息。そう、御曹司ってやつだ。身に着けている時計も靴も高そうだし、スーツだってオーダーメイドだろうし、背が高くて顔が良くて金持ちで……と来た上に、デザイナーとしての才能まで持っている。もの凄く癪《しゃく》だけど、ヤツの才能は本物だ。本当に癪《しゃく》だけど。

（まだ一度も勝てないなんてっ）

今回の案件は、古くなった体育館のリノベーション。今のところ個人住宅しか手がけていない私だけど、思い切って社内コンペに参加してみた。そしたら、何故だか穂高まで参加してきて……結果はご覧の通りだ。

課長と話し終わった穂高がこちらを見た。ふっと口元を歪《ゆが》めて笑うその顔が、非常に小憎たらしい。

「残念だったな、三森。またいずれ参加すればいい」

穂高の視線が私の頭のてっぺんから、足元まで移動する。どうせ私が着ているのは、量販店の桜色セーターに、これまた量販店の白いパンツだよ。

わざわざ目の前に立って、じろじろ見なくてもいいじゃない。私はジト目で彼を見上げる。愛想笑いなんて、してやらないから。

「今度こそ、あんたに勝ってやるんだから！　首洗って待ってなさい、穂高！」

「ああ、楽しみにしてる」

私に向けたにやりとした笑みが、冬子に視線を移した途端、にっこりに変わる。

「九条さんの試みも面白いよね。車関連のデザインはうちも手がけたことがないし、いい経験になると思う」

冬子もにっこりと上品な笑みを返す。

「ありがとう、穂高くん。すぐ売上に結びつかない企画を通してくれた社長に感謝してるわ……あなたにもね」

車大好きで、真っ赤なスポーツカーを乗り回す冬子は、自動車メーカーとコラボして『車内をラグジュアリーな空間に』『いつまでも乗っていたくなる快適な空間』という案件を始めたばかりだ。初の試みだから予算枠は少ないけれど、社長は可能性を認めてくれた――らしい。

（この企画を聞いた時、凄く面白いって思って、冬子とあーだこーだ詰めてたら、穂高が）

……そう。社長にこの企画を紹介してくれたのは、目の前にいるこの男。あっという間に社長や専務（穂高の叔父《おじ》だ）も巻き込んで、冬子のアイデアを実現可能な案件にまで引っ張り上げたのだ。

こういう時、穂高との格差を感じる。私には、『こうしたら？』ぐらいの案出しや資料作成の手伝いしかできない。でも穂高は、それ以上のことができる。

もやもやと考え事をしていた私の左頬に、ひやりとした何かが触れた。

「三森」

「ふぎゃっ⁉」

むにっと頬を引っ張られた私は、思わず変な声を出す。「猫みたいだな、お前」と言った穂高が、人差し指で私の目の下を擦《こす》る。

「目の下の隈《くま》。また残業してるんだろ。肌の張りもないし、とっとと帰って寝た方がいいんじゃないか？　成長しないぞ」

大きな手をぱっと右手で払い、思い切り背伸びして彼の顔に顔を近づける。

「お・お・き・な・お・せ・わ。大体、もう成長期は過ぎてるわよっ、入社五年目の中堅どころなんだから」

彫りの深い、俳優のような美貌の穂高に、肌ツヤのことを指摘されても、嫌みにしか聞こえない。しかも、私のことチビだって遠回しに言ってるし！

ふん、と鼻息を荒くした私を見下ろす穂高の目が、すっと細くなる。

「……ったく、いつまで経っても」

ぽそっと穂高が呟いた声は、よく聞こえなかった。眉を顰《ひそ》めた穂高はぽんと私の頭の上に右手を置いたかと思うと、そのままくしゃりと髪を乱した。

「俺のライバルだって言うなら、体調管理も怠《おこた》るな。ヘロヘロのお前に勝ったって、なんの意味もない」

じゃ、と踵《きびす》を返したヤツは、さっさとその場を去っていく。乱れた頭を「もう！」と文句を言いながら直していた私は、冬子が意味深に私と穂高を見て「本当、あんた達って厄介よねえ……」とこぼしていたことなんて、気が付いていなかった。

＊＊＊

——艶《つや》のある黒髪の、丸みを帯びたボブカット。オン眉の前髪に、丸い目。高くも低くもない鼻に、血行のいい唇。

（……うん、普通）

化粧室の鏡に映る自分の姿は、本当に『普通』だった。穂高に触られた辺りの肌を触ってみると、やっぱりちょっと……潤《うるお》いが足りない気がした。

（でも目の下の隈《くま》って、そんなに目立たないじゃない。穂高って気が付きすぎなんじゃないの⁉）

残業して疲れたな～と思っていると、何故か穂高のチェックが入るのだ。自分だって残業するくせに、あの涼しげな外見が崩れることはなかった。悔しい。

「冬子には親切で優しい貴公子面してるくせに」

さっきだって、私に向けた顔と冬子に向けた顔、全然違ったわよね。なんなの、あの憎たらしい笑い方は。

（大体、穂高って初めっから、私には感じ悪かったわ）

……憧れのこのデザイン会社に就職できて、意気揚々《いきようよう》と入社式に参加した私は、そこで穂高と出会った。

「あの頃から穂高ってイケメンだったよね……黙っていれば」

社長の挨拶《あいさつ》を最後に入社式が終わると、座っていた新入社員それぞれが席を立ち、あちらこちらで会話の花が咲く。皆やる気溢《あふ》れる表情を浮かべる中、涼しげな笑みが妙に目立つ男がいた。

すらりと背の高い彼は、特に女性からの注目を浴びていた。明るいグレーのビジネススーツを着てそこに立っているだけなのに、他の同期達とは何かが違うのだ。集団の中心になりながらも、さり気なく周囲に会話を振っている。目をハートマークにした同期女子が、わらわらと集まっていた。

（あんな人、この世に存在するんだ……イメージモデルにして部屋のデザインしてみたいかも）

五メートルほど離れた位置で、横顔や肩から腕のラインをほうほうと観察していた私と、彼の視線がぶつかる。

――その途端。すっと彼の顔から表情が抜け落ちた。私を見る瞳がぎらりと光る。

（えっ？）

なんだろうと首を傾げると、見る見るうちに彼の眼《まなこ》が三角に吊り上がっていく。さっきまでの笑顔はどこへやら、薄い唇がぎゅっと結ばれている。

(何、あの男⁉　なんで私のこと、睨《にら》んでるの⁉　会ったことないんだけど⁉)

なんなの、私が親の敵《かたき》みたいな表情《かお》してっ⁉

むっときた私も睨《にら》み返すと、バチバチと火花が散る音が聞こえた気がした。

『ねえ、あの人と知り合い？』

彼の隣にいた女性が話しかけると、男は瞬《まばた》きをして——元のにこやかな顔に戻る。

『知り合いに似てたんだ。別人だったよ』

ふいと私に背を向けた彼に、何故かカチンときた私も、ふんと鼻息荒く踵《きびす》を返して立ち去ったのだった。

「……で、まさか同じ部署に配属になるなんて、思ってなかったよね……」

デザイン部は、建築、衣装、化粧品パッケージなどの雑貨類、とデザインする対象物によって部署が分かれているけど、主力は元々社長が手がけていた建築だ。私は希望通り、建築デザイン課に配属されて——同じ課にヤツがいた。

『げ』

目が合った瞬間、思わずそう呟いた私を見る彼の目は、もう普通だった。視線を逸らして、無表情のまま。

何者なのよと思っていたら、皆の前での自己紹介で彼はこう言ったのだ。

『穂高優です。インターンでこちらにお邪魔していましたが、これからは社員としてよろしくお願いいたします』

（穂高⁉）

思わず隣に立つ穂高を見上げた。課の人達も親しげに彼に話しかけている。そう言われてよくよく彼の顔を見てみると、皺《しわ》を取った社長の顔ってこんな感じになりそうだと気が付いた。

（社長の息子……つまり御曹司⁉）

道理でちょっとした手の仕草とか、何か違うと思っていた。セレブオーラのせいだったのか。

（だったら、尚更《なおさら》なんであんなに睨《にら》まれないといけないのよ。御曹司なんかと知り合う機会なんて、庶民の私にはなかったのに）

むむっと考え込む私の眉間に、とんと人差し指が突き刺さった。

『そんな皺《しわ》寄せてたら、すぐ老《ふ》けるぞ』

『ふけっ……ちょっと何……っ、と』

いけないいけない。次は私の自己紹介だ。こんなヤツに足を引っ張られてたまるもんですか！

きっと一瞬穂高を睨《にら》んだ私は、課中の注目を浴びながら、にっこりと笑って『三森香苗です。よろしくお願いいたします』と綺麗にお辞儀を決めたのだった。

それから五年。冬子に言わせると、私と穂高がやり合うのは、社内の風物詩になっているらしい。

そんなの知らないわよ、向こうがちょっかい出してくるんだから！　私は正々堂々勝負を挑んでいるだけで、あえて近付こうとなんてしてないし！

(穂高目当ての女子達に、色々言われたこともあったなあ)

穂高と話す機会が何故か多い私は、嫉妬《しっと》めいた悪口なんかもよく言われた。特に受付のお姉さん、あからさまな穂高狙いで色々言ってたんだけど――そういえば、最近見かけなくなったよね、彼女。他にも色々と言う人がいたけど、最近はぱったりいなくなった。

「喧嘩《けんか》が多すぎて、これは違うって認めてもらったのかも？」

鬱陶《うっとう》しかったので、これはこれで良しとしよう。ぱんと両手で両頬を叩き、気合を入れ直した私は、負けるもんかと闘志を燃やしつつ、洗面所を後にした。そしてその後――課長から呼ばれたのだ。

「三森、穂高と組んでコンペに出ないか？」

――と。

＊＊＊

「え、穂高と組むって……どういうことですか？」

ＭＡＸ六人の小会議室。穂高と並んで長机についている私。その机を挟んで座った竹田課長が、ほれとバインダークリップで挟んだ資料をそれぞれに渡してきた。

「これ……」

資料を読み進めていくうちに、思わずごくりと唾を呑んでいた。今まで手がけたことのない公共事業。駅前の、古くなったビルや商店街の再開発案件だ。

「あの付近一帯にあるビルには、元々大手スーパーが入っていたんだ。だが、そのスーパーが事業不振で撤退《てったい》してからはテナントも入らず、ほぼ空《あ》き状態。人が入らない建物は傷みも早い。耐震性が問題になり、市議会でビルは撤去、再開発が認可された」

「……新聞に載っていましたね。市で久々の大型案件だと」

資料を見る穂高の横顔は、至って冷静だ。

「建築会社はすでに入札で決まっているが、建物を含めた駅ロータリー周辺のデザインは別のコンペとなった。どうやら市民投票も実施するらしい。うちも何案かは出す予定だが」

「その一つを俺と三森で担当するということでしょうか？」

（あんたとペアだなんて、真っ平ゴメンよっ！）

咄嗟《とっさ》に口を開きかけた私だったけれど――右隣で穂高がじっと見ている資料のページが目に入った。

それは、今回取り壊しが決まっているビル付近の写真。薄ら汚れた灰色のコンクリートが年季を感じさせる。そのビルの谷間に小さな店が軒《のき》を並べる横町があるようだけど、そちらもシャッターが下りていたり、テナント募集中のポスターが入り口に貼られていたりする店が多い。

（ここを甦《よみがえ》らせて、もう一度人が集《つど》う場所にする……）

個人住宅だけでなく、もっと大きな建築を手がけたいと思っていた私にとって、これはチャンスだ。ペアの相手が穂高だということは最高に気に入らないけど、仕事自体はやりがいがありそう、ううん、きっとある。だけど穂高だし、喧嘩《けんか》ばっかりになるんじゃ。

「で？　三森はどうする？　俺はこの案件を手がけたい」

考え込んでいた私は、穂高の声で我に返る。きっと睨《にら》み付けると、彼はふっと自信ありげに口元を緩めた。

「自信がないのか？　まあ、三森は大型案件のデザインなんて、まだ関わったことがないからな」

（自信がない!?）

カチンときた私は、思わず叫んでいた。

「何言ってるのよ！　私もやるに決まってるでしょうが！」

途端、穂高の笑みが深くなる。すっと竹田課長の方を向いた穂高は、更に笑みを深めてこう言った。

「課長、三森もこの通り、やる気ですので。この案件は俺達二人に任せてください」

「げ」

「おお、そうか！」

私の声は課長の声に重なり消えてしまう。

「いや〜お前達、能力的に良いペアになると思っていたんだが、いかんせん喧嘩《けんか》も多かったからなかなか勧められなくてなあ。互いの長所を生かして頑張ってほしい」

嬉しそうな竹田課長を前に――私にできたことは、ただ一つ。

「はい」

「……はい」

穂高の声にワンテンポ遅れて同意することだけだった。

＊＊＊

会社の屋上はちょっとした広場になっていて、人工の小川が流れ、木陰ができるぐらいの木々も植わっている。今の季節は桜の花が満開だ。そこのベンチに冬子と二人、腰かけてのランチタイム。冬子は白のVネックセーターにデニムパンツ姿、私は白の長袖Tシャツにデニムパンツと、まるでお揃いのような格好だった。

天気も良く、この時間帯は暑くも寒くもない、ちょうどいい気温。だけど、なんだかもやっとする。

「凄いじゃない、香苗！　前から住宅以外のデザインもやりたいって言ってたものね。頑張りなさいよ！」

コンペに出ることにした、と冬子に言うと、彼女は私の肩をバンバン叩きながら笑った。

「うん、アリガトウ」

答える私の声はビミョーで、冬子は眉を顰《ひそ》めて私を見た。

「……なんで、そんなにテンション低いの？　……もしかして、原因は穂高？」

「……ううっ……穂高のこっちを馬鹿にしたみたいな笑みを見る度《たび》に殴りたくなるの、もう三日も我慢してるのよっ……！」


課長との会議後『ちょっと話がある』と穂高に腕を掴まれ、連れていかれたのは資料室。

『これとあれと……それからこれ』

ドサドサドサッと分厚いファイルが私の手に積まれた。

『お、もっ……』

『今回と類似した過去案件の資料だ。今週は今の仕事の調整、来週から作業を開始するから、それまでに確認しておけよ』

じゃ、と右手を軽く挙げた穂高は、私に背を向けて歩き出した。

『ちょっと、穂高！』

私が思わず声を上げると、振り返った彼はふん、と鼻で嗤《わら》った。

『これくらい、三森なら読みこなせるだろ？　曲がりなりにも、俺のライバルを名乗るなら』

『当ったり前じゃない！　これくらいどーってことないわよっ！』

カチンときて、ついつい言い返してしまった私を見る穂高の目は……絶対笑ってた。

『お前と組むの、楽しみにしてる。失望させるなよ、ライバルさん？』

そう言ったヤツの顔は……それはそれは良い笑顔だった……

「香苗、あんたねえ……どうしてそう毎度毎度、穂高の手の平の上で転がされてるのよ」

「だって腹立つのよ、あいつはああああっ！」

がつがつとおにぎりを食べる私の左隣で、深い溜息の音が聞こえる。

「で？　穂高に渡された資料、確認したの？」

むぎゅむぎゅ、と噛みしめた後で、私はむすっと言った。

「したわよ。……凄く参考になった」

過去、うちが請け負った類似事例がわんさか載っていた。ＣＡＤ《キャド》が主流になる前の、手書きの設計図とか、凄く綺麗な線で描かれていて、思わず見惚《みと》れてしまった。この三日間、暇さえあれば資料を確認していたのだ。

（穂高は嫌みったらしいけど、仕事上で私のこと、馬鹿にしたりはしない。対等に扱ってくれてる……のはわかってるんだけどっ）

こういう時に、穂高との差を感じてしまう。関連資料がどこに保存されているのか、さっと出てくるってことは……あの部屋の資料を読み込んで覚えているってことだ。

……そりゃあ、穂高が努力してない、なんて思ってはいないけれど。

「こうも負けが続くと、あのすまし顔をぎゃふんと言わせたくなるのよっ」

ふるふると右拳を震わせる私に、何故か生ぬるい視線が向けられる。

「穂高も無駄な努力を……よりによって、香苗だもんねえ……わかるわけないじゃない」

冬子の声は小さくて聞き取れなかった。

「まあ、頑張りなさいよ。ペアを組んでも穂高の鼻を明かすことはできるでしょ」

「そう、よね⁉　そうだよね！」

そう、一緒にいれば腹が立つことも多いけど、参考になることも多いのだ。ここで穂高の技を盗んで、もっと成長して、絶対あっと言わせて、認めさせてやるっ……！

「よし、やるぞ！」

えいえいオー！　と拳を天に向かって突き出した私の隣で、冬子はもぐもぐと静かに食事を続けていたのだった……

＊＊＊

「おい三森、外出するぞ」

ランチ後、自席で資料とにらめっこしていた私は、穂高からほいっと白いジャケットとショルダーバッグを渡された。「え?」と首を傾げると、カーキ色のトレンチコートを着て黒のビジネスバッグを左手に持った穂高が、ついと壁掛け時計の方を向いた。

「今から行けば日没前に着く。現場、どんな場所か直接確認したいだろ？」

「！」

思わず穂高の顔を仰《あお》ぎ見る。時計の針は午後四時を過ぎたところ。現場までは大体一時間ぐらいかかるから、建物の形を見るのなら今出た方がいい。

「じゃ、行くぞ」

くるりと踵《きびす》を返した穂高に、私は慌てて立ち上がる。廊下を大股で歩く彼の後を、ちょこまかちょこまかと追いかける私。

「ちょい、ストップ！　用意させてよ、穂高！」

「……」

ちらと私を見下ろした穂高が足を止める。やや荒くなった息を整えながら、私はジャケットを着て、首にかけていた社員証を外しバッグに仕舞った。

「ったく、そんなに焦らなくてもいいじゃない。課長に話す暇もなかったわ」

ぷうと頬を膨らませると、瞬《まばた》きをした穂高がつと目を逸らした。

「俺が話しておいたから、大丈夫だ。それに」

――早く現場を見に行きたかった……

（……え？）

穂高の口が僅《わず》かに動く。なんて言ったのか、はっきり聞き取れなかったけど。まさか。

（お前と……って言ってた？）

穂高が？　あのいっつも私に絡んでは嫌みを言ってくる穂高が？　私よりもずっと前を歩いていて、いつかあの大きな背中を追い越してやると思っている、私のライバルが？

(気のせい……だよね?)

ちらと穂高の顔を見ると、もうしれっとした表情になってる。うん、気のせいだった。

「さあ、行くぞ。今からだと直帰になると課長にも言ってあるから、ゆっくり確認できる」

「わかったわよ」

穂高と私の身長差は、頭一つ分ほど。並んで歩くと、思わず背伸びしたくなるのは何故だろう。

エレベーターで一階ロビーに降りる。ガラス張りのロビーは吹き抜けになっていて、明るい陽の光が射し込んでいる。私達とすれ違いざまに、何人かの女性社員が穂高へにこやかに挨拶《あいさつ》をした。

「行ってらっしゃい、穂高さん」

「ああ、ありがとう」

……右隣にいる私も一応会釈《えしゃく》はされるが、どう見ても穂高のおまけ扱いだ。まあ、社長令息で天才デザイナーと名高い穂高と、同期社員だっていうだけの私とじゃ、扱いが変わるのも無理はないけれど。

穂高だって、凄くキラキラした笑顔を振りまいてない!? 私の時とえらく態度が違うんだけど!?

「穂高って、そうやってると御曹司って感じよねえ」

そう呟いた私の声を、ヤツは聞き取ったようだ。穂高は爽《さわ》やかな御曹司スマイルで、私を見下ろし、嫌みったらしく言った。

「社長の息子という肩書きらしく振る舞ってるだけだ。三森にもそうしようか?」

「今更何言ってるの」

私の目から見ると、穂高の『いかにも御曹司』って笑顔は、胡散臭《うさんくさ》くてしょうがないのよね。

「御曹司だろうが、なんだろうが、私には関係ないわよ。穂高は穂高だから」

（そうよ、いつか絶対こいつを乗り越えてやるんだから！）

そう思いを込めて、きっと睨《にら》み付けると、穂高はふぬけた顔をしていた——と思ったけれど、すぐにいつもの黒い笑みに戻る。

「三森が俺を超えるのを楽しみにしてる」

ふん！　と視線を逸らした先に、ロビー奥のフリースペースがあった。観葉植物とソファが設置されたその場所は、受賞したデザイン画が飾られていて——私にとっては聖地のようなもの。

「ちょっと見てくる。少し待ってて」

つかつかと足早に歩き、誰もいないスペースに足を踏み入れる。白の壁のあちらこちらに、額縁《がくぶち》に入れられたデザイン画が飾られていた。私の目当ては、その一番奥にある。かつんと足を止め、A3サイズの作品を見上げた。

「……」

それは、不思議な家だった。青い海の見える丘の上。こんもりとした緑の丘の中腹にガラスの窓と白いドアが並んでいる。斜面を利用して、半分地下になっている住宅なのだ。

全体の外観図の横に飾られているのは、リビングや寝室のパース図。繊細な線で描かれた緻密《ちみつ》な画は、あの頃の私には作成できないレベルで……悔しいを通り越して凄いと思った。

そう、就職活動中にこのデザイン画を見て、私はここに入ろうと決意した。私が大学生時代に落選した建築賞の大賞。一目で心奪われた作品が、ここにあるなんて⁉　と信じられない思いだった。入社したら、絶対この作品のデザイナーと話がしたいと捜したけれど、先輩からこの作品は社長の知り合いがデザインしたものだ、と聞かされた。

なんでもワケありの人らしく、社長が代理となってチーム名でエントリーしたらしい。大賞を取った後、この作品はお礼としてその人から社長に贈られたのだそうだ。

今見ても、地下なのに何故か開放感を感じる色使いや、部屋の仕切りや置いてある家具の一つ一つにセンスを感じる。リビングの壁の一面だけ差し色《ブルー》になっているのも、凄くオシャレだと思う。

「やっぱり……凄いなあ」

思わずそう呟くと、後ろから低い声が聞こえてきた。

「三森は今でもこの作品が好きなのか？」

振り向くと、無表情の穂高がじっと私を見下ろしていた。ちょっとむっとした私は、口を曲げながら答える。

「当然じゃない。発想は奇抜《きばつ》だけど、地下だから温度差が少なくて夏も冬も過ごしやすい空間になってるし、なんと言ってもワクワクする作品でしょ？　こんなところに住めたら、毎日楽しいだろうなあって思う」

「……」

「穂高は気に入らないみたいだけど」

そう、新人歓迎会の飲み会で、私がこのデザイン画を絶賛した時の穂高の顔は、今でも覚えている。さっきまでのにこやかな表情を消して、何言ってるんだこいつ、みたいな目で睨《にら》んできた。そんな穂高をやり込めかけたけど、歓迎会という場の雰囲気を壊すこともできず、口を閉ざしたのだ。

「毎日楽しい……か」

穂高の口は、皮肉げに歪《ゆが》んでいる。彼の瞳は、私を見ているようで見ていないように思えた。

(何が気に入らないのか知らないけど、作品に失礼じゃない)

むすっとしながら、「さ、行くわよ」と穂高の横を通り過ぎる。穂高も黙って私の隣に並ぶ。

そうして会社を出て、穂高がタクシーを拾うまで……私達の間に会話のかの字も存在しなかった。

＊＊＊

「ここが……」

私は、駅前のバスターミナルに面した古いビルを見上げた。一番高いビルは七階建てで、隣にも同じ高さのビルが並んでいる。その間に設置された渡り廊下は、横から見ると少し斜めになっていた。ビルのフロアの高さが微妙に違うみたいだ。

夕日に照らされたコンクリートの壁の色もところどころ墨《すみ》のようになっている。一階は薄汚れた緑のシャッターで閉ざされていて、その上のスーパーの看板跡が妙に白く残っていた。穂高がタブレットで資料を見ながら話す。

「元々一つのビルで開業していたのを、隣のビルを買い取って、渡り廊下で繋げたらしい。営業時も段差や階段の多い造りで、買い物かごを持って移動するのが大変だと顧客や元店員からの意見があったそうだ」

「そうよね、無理矢理くっつけたのがわかる見た目だわ、これ。で、そのまた隣が映画館……こちらも随分古いわね」

「場所も微妙に良くないな。駅に直結していない上、駐車スペースも少ない。駅から歩いて移動するにも、その間に屋根がない。買い物には不便だろう」

雨の中、傘を差して買い物袋を手に提《さ》げて……って面倒よね。駐車場の確保が難しいなら、せめて駅から濡《ぬ》れずに来られるようにしないと。

（土地の広さからいって、地下駐車場はあまり広さが確保できなそうだし、ビル一棟を立体駐車場にするか、屋上を駐車場にするかにした方がいいかも）

ビルの谷間、渡り廊下の下の路地は、小さな飲食店が並んでいた――ようだけど、ほぼシャッターが下りている。営業しているのは、一、二軒ってところか。斜めにずれた看板がそのままになっている店もあるし、閑古鳥《かんこどり》が啼《な》いているのは間違いない。

（だけど、スーパーが最盛期だった頃は、きっとこの辺りも人が沢山通っていたはず）

鶏《とり》の焼ける香ばしい匂いが漂ってきた。ぶわっと私の目の前に、在《あ》りし日のセピア色の風景が広がる。ちょっと一杯引っかけるサラリーマンや、焼き鳥を包んでもらう親子連れの足音まで聞こえてくる気がした。

かつてここに溢《あふ》れていた人の笑顔。それを取り戻したい。

「ここだったら、欧風マーケットの雰囲気で屋台を出して……ああ、レトロな昭和風でもいいかも。ちょっとした隠れ家的雰囲気を出して」

ターゲットはどうしよう。若者向け？　それとも……

くすり、と右隣から小さな笑い声がした。

「何よ？」

じろりと穂高を見上げると、彼は「すまん、三森らしいと思って」と笑った。

「見えてるんだろ、お前には。ここで楽しい時間を過ごしていた、過去の人の姿が。そして、ここの未来の姿も」

（！）

私を見つめる穂高の顔は、いつも私に突っかかってきていた時のものじゃない。穏やかで、瞳の色は優しくて、口元もふわりと綻《ほころ》んでいて。まるで――恋人に微笑んでいるような甘い雰囲気まで漂ってきた。

（うくっ⁉）

どん、と心臓を殴られた気がした。いつもの嫌みったらしい穂高なら、すぐにでも言い返せるのに……こんな表情《かお》するなんて、ずるくない⁉

（こうやって見ると、穂高ってイケメン……よねえ……って、何考えてるの私⁉）

「そ、そうよ。いくつかアイデアが浮かんだわ」

こほんと咳払いをしつつ、私は穂高から視線を逸らしてスマホをバッグから取り出した。

パシャパシャと写真を撮っていると、すっと頭の上に影が落ちた。カメラのど真ん中にヤツが映っている。

「穂高。邪魔なんだけど」

私が口をへの字に曲げると、大きな手がひょいと私のスマホを奪った。

「ちょっと穂高っ⁉」

右手を伸ばしてスマホを取り返そうとしたその時、奴の左手がするっと私の身体を引き寄せる。穂高が顔を寄せてきて、爽《さわ》やかな香りが鼻腔《びこう》をくすぐった。

「っ⁉」

パシャリ、と機械音が鳴る。慌てて穂高の胸板に手を当てて離れた私に、穂高は満足げな表情を見せた。

「ほら、記念撮影」

ぽんと私の右手にスマホが渡される。画面を見ると、灰色のビルをバックに、穂高と私が顔を寄せ合って写っている画像が表示されていた。

「……何、この満面の笑みは」

穂高はさっきみたいに、嬉しそうに笑っている。一方の私は、穂高の方を向き、口を尖《とが》らせて何か文句を言ってる感が凄い顔だ。

「俺達同期だけど、二人一緒の写真ってないだろ。その画像は待ち受けにでも使ってくれ」

「やだ。私の待ち受けは、愛しいベルちゃんに決まってるのよ！」

ちなみにベルちゃんは、実家にいる白猫だ。ふっくら気味で、短い毛がもふもふしていて、実家に帰る度《たび》に肉球吸いをするのがお約束。

（ベルちゃんと穂高なんて、比べる対象にさえならないわよ！）

ぷくっと頬を膨らませると、穂高はにこやかに私に言った。

「じゃあ、俺宛てに画像送ってくれ。記念に保存しておく」

「なんの記念なのよ」

「もちろん」

にっこり笑った穂高の顔が、傾きかけた陽の光を浴びている。

「俺達が初ペアを組んだ記念。三森との仕事は――きっと良いものになる。受注して記事になった時に使えるだろ？」

受注してって、さらりと言ったな、こいつは。もちろん私だって、コンペに出る限りは受注目指してベストを尽くすつもりだ。でも穂高は、目指してるじゃなくて受注すると言っている。

（こういうところが敵《かな》わないって思うのよね、悔しいけれど）

私にはそこまでの自信が持てない。だから穂高に追いつけ追い越せと懸命に努力しているけれど、穂高はすいすい先に行ってしまう。

……ＱＲコードが表示されたスマホの画面が目の前に。どうやら穂高は私からの送信を待っているらしい。はいはい、わかりましたよと、コードを読み取った後、穂高宛てに画像をぽちっと送信。

隣でピロン、と電子音が鳴った。

ささっとスマホをいじった穂高は、目を伏せ、画面を見ながら口端を上げた。その表情に、心臓がまた煩《うるさ》くなる。

(なんだろう、この動悸《どうき》は……)

私がよくわからない感情に絡まれている間に、ヤツはすっかりいつもの穂高に戻った。私は穂高から視線を外して、また路地の方を見る。赤い暖簾《のれん》が下りた屋台から、さっきの匂いがする。そういえば小腹が空《す》いたな。

「ねえ、あそこの屋台美味《おい》しそうじゃない？　私ちょっと買って」

「ああ、そうだな。ついでに食べながら話を聞くのもいいだろう」

「はあ？」

穂高の声が私の声を遮《さえぎ》る。ぽかんと口を開けた私に、穂高が不思議そうな顔になった。

「え？　路地裏の屋台だよ？　穂高がそこで食べるの？」

そう聞くと、穂高の眉間に皺《しわ》が寄った。

「……三森。お前俺のこと、どう思ってるんだ」

私の眉間にも皺《しわ》が寄る。

「うちの会社の御曹司でお金持ち。いつもは、一流ホテルのレストランで夕ご飯食べてるんじゃないの？」

だって穂高って、派手派手しいというより品が良いというか。どう見ても、屋台で焼き鳥を食べている姿が想像できない。

はああ、と穂高が深い溜息をつく。

「お前が嫌みで言ってるんじゃないっていうのはわかるが」

「事実でしょ」

「……俺だって学生時分は、三森と似たような環境で過ごしたんだ。ほら、行くぞ」

「ちょっと！」

がしっと右手首を掴まれた私は、ずるずる穂高に引き摺《ず》られて屋台に近付く。醤油《しょうゆ》の焦げた香りが濃くなった。くうっ、お腹を刺激してくる！

「へい、らっしゃい！　こんな若いカップルが来るとは、珍しいねえ」

屋台の中から、お父さんと同じ年ぐらいのおじさんが声をかけてきた。屋台に備え付けられた折りたたみのテーブルの前に、穂高と私が並んで座る。目の前で、炭焼きの焼き鳥からじゅわっと肉汁が落ちた。

「ももと皮、ぼんじり……あ、軟骨の唐揚げも。穂高はどうする？」

「三森と同じでいい。おじさん、アルコールはある？」

ちらと腕時計を見ると、もう終業後だった。だったらいいか。

「ビールかノンアルになるけど、どちらにします？」

「じゃあ、私はノンアルで」

穂高はビールを頼んだ。コップをカチンと合わせて乾杯し、ぐぐっと飲む。最近のノンアルは結構風味が良いなあ。そうこうしているうちに、目の前に良い匂いがする焼き鳥が並べられる。

「あ、もも美味《おい》しい！　焼き加減もちょうどいいし、肉汁もじゅわっと。タレも美味《おい》しい！」

そう言うと、おじさんは嬉しそうに顔を綻《ほころ》ばせた。

「そうだろう、自慢のタレなんだ。塩焼きもいけるよ」

「あ、じゃあそれ追加で」

もぐもぐと食べる私の左隣で、穂高も美味《おい》しそうに焼き鳥を食べ、ビールを飲んでいる。あーこの味、ビールに合うんだろうなあ……と思っていたら、穂高がこちらを向いた。

「三森、アルコール結構いけるんじゃなかったのか？」

「え？」

私は目を瞬《しばたた》いた。穂高の顔は至極真面目だ。

「確か、新入社員の頃、そう言ってたのを聞いたんだが」

会社の飲み会ではアルコールを飲んでなかったはずだけど……そんなことも言ったかなあ。首を傾げながら、私はノンアルを一口飲み、目を伏せた。

「ああ、うん。飲めないわけじゃないけど……一度お酒で失敗したから」

——そう、思い出すのも恥ずかしい、あの黒歴史。割り切りが早い私でも、完全に吹っ切るのに数年はかかったわよ。今だって思い出すと赤面して悶《もだ》えてしまいそうになる。

「交流会みたいなのに参加して飲みすぎて、記憶を飛ばしちゃったの。朝起きたら、全く何も覚えてなくて、怖くてパニックになって……それで、あんな思いをするんだったら、もう飲まないって決めたの」

あの場には百名以上参加していたし、出席者全員の顔も名前も当然わからない。結局、誰と一夜を過ごしたのかは不明のままだった。

(幸い身体に暴力の痕《あと》はなかったし、合意の上……だったと思いたい)

いかんいかん、思い出すな。ふるふると首を横に振った私は、ごぶごぶとノンアルを一気飲みし、誤魔化そうとした。

「……そう、か。覚えてなかった……のか」

「あ、おじさん、ノンアル追加で！」

空《から》になったコップをだん！　とおじさんの目の前に置いた私は、穂高がぼそっと呟いた言葉など、耳に入っていなかった。


「うーん……」

ワンルームのベッドに仰《あお》向けで寝転がった私は、スマホの画面を見つめていた。そこに表示されているのは、穂高からのメッセージだ。

――今日はお疲れ様。明日も打ち合わせあるから、よろしく。お休み――

『メッセージアプリや会社の電話だけじゃ繋がらないこともあるだろ？』

……そう言われて、プライベートの電話番号も交換した、けど。

「……」

(穂高ってマメだよね……さすがモテるはずだわ)

焼き鳥屋からの帰りも、さっさとタクシーを捕まえて、私の家《マンション》まで送ってくれた。うちはセキュリティ付きドアだから中には入れないけれど、ガラスのドアが閉まるまで、ドアの前に立って見送ってくれていたのだ。

茶色の前髪とトレンチコートの裾が夜風に揺れていた。ガラス越しに見る穂高は、背が高くて、脚が長くて……どこのファッション雑誌のモデルかと思うぐらい、格好良かった。

穂高と並んで歩いていると、とにかく女性陣の目を惹《ひ》く惹く。穂高の方を見て頬を赤らめ、うっとりした女性が、隣の私に視線を移した途端、は？　みたいな表情になるのだ。

まあ、私はいくらお化粧しても童顔だし、背は低めだし、着ているものも動きやすいパンツスタイル（もちろん量販店で購入）ばっかりだし、いかにもお金持ちオーラを出している穂高と並ぶと、落差が激しいんだろう。

だからきっと、彼女の一人や二人いるのかと思いきや。

「意外に女っ気がないというか」

誰に対しても（特に女性社員には）ジェントルマンな穂高だが、なんというか一歩引いているみたいな感じを受けるのだ。

……セレブだから、騙《だま》されないようにガードが堅いんだろうか。

「……そういえば総務の高井《たかい》さんが、穂高をモデルに薄い本作ってるって、冬子から聞いたっけ」

叶わない恋に身を焦がす社長令息の話らしいけど、読んだ冬子によると人物描写がもろ穂高なのだとか。私は読んだことがないけど、その本は社内では結構出回ってるそうで……ヤツは知っているのだろうか。

（イケメンは苦労も多いんだろうなあ……）

少しだけ、穂高に同情した私だった。

2　俺は香苗を愛してる

本日の私の格好は、襟《えり》ぐりが大きく開いた黄色のサマーニットにブラウンのパンツ。冬子に『ひまわりよね』と言われたが、気にしない。

「さて、穂高がいない間にリサーチ結果を取りまとめてっと」

たたたたっとキーボードを打つ。狭い会議室には私と六人掛けの椅子と長机、山積みの資料にノートパソコン、キャスター付きモニターしかない。

コンペに出るまでの作業場所として、穂高がこの会議室を長期予約したのだ。もっとも、他のコンペに出るチームも皆同じように会議室を借りているらしいので、遠慮なく業務のない時間はここに籠《こも》ることができた。正直、自分の机じゃ紙資料が溢《あふ》れてしまうので、とても助かっている。

「今回のコンセプト案……どれに決めるか……」

バサバサと、走り書きのデザイン画を見ながら考える。ノスタルジー路線で行くか、近未来的デザインにするか、ベーシックなデザインで高級感を出すか。一人ではなかなか決められない。

「これは穂高が戻ってからにしようっと」

今日、穂高は社長と共に外出だ。穂高がデザインした事務所が大好評で、クライアントから追加依頼があったらしい。

「大企業のサテライトオフィスのデザインかあ……」

穂高と二人であーでもない、こーでもないと言い合って作ったスライド資料をパソコン画面に映しながら、私はぶつぶつと独《ひと》り言を呟いた。

(実績で負けてるのは悔しいけど……穂高と仕事するの、結構楽しいよね……)

ほぼ喧嘩腰《けんかごし》で言い合うこともあれば、そうそうそうだよね！　と激しく同意する場合もある。

なんというか……刺激的なのだ。あっという間に時間が経って、夕ご飯を食べ損ねたことまである。何か奢《おご》るという穂高を断り、コンビニおにぎりで済ましたこともあったっけ。

ぐう。食べ物について考えたら、不覚にもお腹が鳴った。壁掛け時計を見ると、もう午後二時を回っている。作業をしていたら、時間の感覚がなくなるのがだめだよね。

「コンビニに買いに行こう」

このビルの一階にあるコンビニは結構大きくて、お弁当類が充実している。よし、今日はがっつり系のお弁当にしよう。唐揚げ弁かとんかつ定食か。さっと椅子を引いて立ち上がり、お財布の入ったポーチを左手に取ったのとほぼ同時に、真正面のドアがノックされた。

「あれ、穂高もう帰ってきた、の……」

ドアがこちら側に開き、するっと会議室に入ってきたのは——穂高とは似ても似つかない男だった。

軽くウェーブがかった黒髪に、グレーのストライプのスーツを着た垂れ目がちの彼は、ざっと会議室の中を見回している。今にも崩れそうな山積み資料に、散乱した走り書きメモ用紙を見た途端、やれやれと肩を竦めた。

「三森。お前の作業場所、相変わらず汚いな」

「飯塚《いいづか》さん」

(げ、なんでこの人がここに来るのよ!?)

飯塚覚《さとる》。十歳上の、同じ課にいる建築デザイナーだ。大学時代にフランスに留学して、あちらの建築様式を学び、かつて大仕事に抜擢されたんだかなんだかという経歴の持ち主だけど……なんというか。

(げげっ、しかも藤原《ふじわら》さんと井上《いのうえ》さん(取り巻きダブル)まで一緒に!)

飯塚さんの後ろに控えている二人組は、飯塚さんと同類項で括《くく》られる先輩達。いつも穂高への愚《ぐ》痴《ち》をまき散らしている輩《やから》だ。飯塚さんと違って、こちらの二人は目立った経歴もない人達だけど。

「お前、穂高と組むなんて無謀だな。あいつとお前じゃ、デザインの方向性が全く違うだろ」

(いちいち嫌みったらしいったら。特に――)

飯塚さんの薄い唇が、薄ら笑いを浮かべる。

「もっとも今回のコンペは俺達も合わせて三チーム参加することになっている。お前らが足を引っ張り合うのは大歓迎だ」

「そうですよね、俺達も助かります」

へこへこ言いなりになってるんじゃないわよ。ただでさえ空腹なのに、胸がムカムカしてきて気分が悪い。

「なんで足を引っ張り合うんですか。コンペに向かって共同作業中ですよ、私と穂高は」

飯塚さんの目が冷たく光る。

「はっ、穂高が他人――しかも、いつも喧嘩《けんか》ばかりのお前と共同作業なんて、笑えるな。まあ、いい加減あいつも化けの皮が剥《は》がれる頃だろ。穂高は今まで恵まれすぎてたからな」

(これだよ、これ)

何故だか知らないけれど、飯塚さんはずっと穂高を目の敵《かたき》にしている。穂高はそれをわかっているのか、彼とは距離を置いて事務的な態度を取っていた。

「確かに穂高は社長の息子ですけど、ただそれだけじゃないですか」

うんざりした響きの声になってしまったのは、仕方ない。

「それだけ? それだけで済むわけないだろうが。大きなコンペには必ずと言って良いほどあいつの名前が候補に挙がる。あいつの実績も、社長と懇意《こんい》にしている相手先なら、当たり前に良い評価を付けるだろうよ」

その通りとばかりに頷く取り巻き二人にも腹が立つ。

(何言ってるのよ!)

私はきっと飯塚さんを睨《にら》み付けた。

「穂高の実力は本物です。社長の七光りなんて言われますけど、それだけであの評判を取ることなんて不可能です」

すっと細められた彼の目が、まるで蛇の瞳のように見える。

「へえ、お前は穂高を嫌っていると思っていたが、違うようだな」

「好き嫌いと評価は別です」

私と穂高は喧嘩《けんか》ばっかりの同期という関係。でも、だからって、穂高のやってきたことを――彼の努力《努力》作品を貶《けな》すなんて、許せない。

私は知っている。遅くまで残業して、一心不乱にデザインをしている穂高を。才能豊かなデザイナーではあるけど、努力なしで今までの成果を出したんじゃないことぐらい、私にだってわかる。

(あいつの作品は……いつだって凄くて、絶対負けるもんかと奮闘してきた目標なんだから！　いい加減なこと言うんじゃないわよ！)

「成程。三森は穂高に懐柔《かいじゅう》されてるらしいな。まあ、お前は単純思考だからな、穂高も陥《おとし》れやすいんだろうよ」

人のことを単純思考だなんて、本当に他人をディスるの好きよね、この人は。見た目はまあまあイケメンの部類に入っているかもしれないけど、人を蔑《さげす》むような態度が感じ悪い。

「どうして穂高が私を陥《おとし》れるんですか。おかしいでしょ」

チームを組んでいる相手を陥《おとし》れて、何になる。自分も火傷《やけど》するだけだ。

そう言っても、飯塚さんの邪悪な笑みはますます深くなるばかりだった。

「ははっ……三森、お前本当に何も知らないんだな。社内の噂《うわさ》も穂高のことも。さすがは『脳筋デザイナー』と呼ばれることはある」

「はあっ⁉　脳筋⁉」

頭が悪くて社内で拳を振り回してる女扱いなワケ⁉　確かに今、握り締めた私の右拳はふるふる震えているけど、まだ殴ってもいないのに⁉　どうせそう言うなら、せめて殴ってからにしなさいよ！

怒りに震える私を尻目に、飯塚さんが喋り始めた。

「お前も建築デザイナーの端くれなら、山形有美子《やまがたゆみこ》の名は聞いたことあるだろう」

急に変わった話題に、私は眉を顰《ひそ》めた。

「それは……はい」

山形有美子。HODAKA DESIGN COMPANYのライバル会社、Yamagata.DesignStudioの社長令嬢にしてデザイナー。学生の頃から活躍していた彼女は、数多くのデザイン賞を受賞した、美人建築デザイナーとして有名だ。私だって、同じ女性としてデザイン業界で活躍している彼女のことを尊敬する一人。雑誌で見た彼女は、柔らかな栗色の髪を肩になびかせ、ライトブルーのブラウスを着た、いかにも上品なお嬢様という感じだった。

にんまりと飯塚さんがまた嗤《わら》う。

「穂高が彼女と通じ合ってる……そう言っても、お前は穂高に協力するのか？」

「は、あ？」

私は目を大きく見開き、ぽかんと口を開けた。

(通じ合ってる……って)

あまりにも突拍子もない発言に、言葉が出ない。間抜けな顔、と井上さんがせせら笑うが、それどころではない。

「穂高が山形有美子にコンペの情報を流すかもしれないってことだ。必死に穂高に協力しても、その成果は山形に奪われるなんて、かわいそうな奴だな、三森も」

なあ、と後ろに同意を取る飯塚さんに、私は声を荒らげた。

「なっ、何言ってるんですか、飯塚さん！　穂高がそんなことするわけないでしょう⁉」

デザインの流出。情報漏洩《ろうえい》。デザイナーとして絶対にやってはいけないことだ。それくらい、穂高だってわかっているはず。

これだから知らない奴は、と飯塚さんが呆れた様子で溜息をつく。

「山形有美子と穂高は、かつて恋人同士だったたって聞いたことないのか？　それも穂高の方がかなり惚れ込んでたって話だ」

「はっ……？」

がん！　と頭を殴られたような衝撃が襲ってきた。

恋人同士？　穂高が？　あの山形有美子と？

(え……えええええええーっ！)

大声で叫びそうになった私は、右手で口を押さえる。え、嘘、あの山形有美子と？　穂高が？

だって彼女……

（確か銀行のお偉いさんの息子と結婚していて、しかも山形哲司《てつじ》の一人娘じゃない！）

Yamagata.DesignStudio の社長、山形哲司とうちの社長の仲の悪さは、業界ではかなり有名だ。とはいっても、山形社長の方がうちの社長にネチネチ恨みがましい態度を取っているだけらしいけど。あの山形社長が溺愛していると噂《うわさ》の娘と穂高の仲なんて、絶対認めるわけがない。

山形有美子と穂高が並び立つシーンを想像してみる。御曹司の穂高と上品なお嬢様の彼女……うん、もの凄い美男美女カップルになるわ……

驚いた私を見て、飯塚さんはふふんと鼻で嗤《わら》う。

「山形有美子は大学でデザインの講師をしていたことがある。穂高は彼女に師事していて……そこで深い関係になったらしいぞ。もっとも山形社長に二人の関係がバレて、彼女は途中で大学を辞めさせられたんだ。彼女が結婚したのも、そのすぐ後だ」

家同士の確執で引き裂かれた恋人……まるでロミオとジュリエットじゃないか。

（穂高っていつも王子様《プリンス》笑顔を振りまいて、女性社員に当たり障《さわ》りのない態度を取ってるって思ってたけど……これが原因？）

大学生時代の報われない恋。あの涼しい顔の下で、ずっと辛い思いをしていたんだろうか。何故か胸の奥がチクッとした。

「彼女は今スランプに陥《おちい》ってる。数年前から夫婦仲が悪い上、全く新作を発表できなくて、引退説も流れてるぐらいだ。それが――今回のコンペに出るって発表されたんだよ」

飯塚さんの言葉が私を現実に引き戻した。

(彼女もコンペに⁉)

ああでも、ライバル会社であるYamagata.DesignStudioがこのコンペに参加したって、なんの不思議もない。そして、あそこの筆頭デザイナーである山形さんが参加するのは、当たり前だろう。

――つまり、飯塚さんは。

「……穂高がスランプに陥《おち》ってる山形さんを助けるために、情報を流すと言いたいんですね？」

私の言葉に、飯塚さんが満足げな顔になる。

「その通り。かつての恋人が頼ってきたら……しかも未練タラタラな相手に言い寄られたら、穂高だって焼けぼっくいに火がつくんじゃないか？　しかも山形有美子は美人だしな」

ちらと私を見下す視線が鬱陶《うっとう》しい。どうせ私はちんくしゃですよ。表情筋が引《ひ》き攣《つ》ってピクピクしてきた。

「穂高はそんなことしません。彼を貶《おとし》めるのはやめてください」

飯塚さんを見据えてきっぱり言い切った私に、馬鹿トリオ（でいいよね、もう）は驚いたみたいだ。飯塚さんは、はっと馬鹿にしたように言う。

「三森、まさか穂高に惚れてるのか？　無駄だぞ。三森と彼女じゃ比べものにならないからな。デザイナーとしても女としても」

拳を握る手に、一層力が入る。

(あっそう)

あの山形有美子と私とじゃ、月とすっぽんだってぐらい、あなた《いいづかさん》に言われなくてもわかるわよ。

だけど。

「そんなこと言わ――」

「そんなことを言っている余裕があるんですか、飯塚さん」

低い声が私の声に重なった。飯塚さんがぱっと振り返る。馬鹿トリオを押し退《の》け、会議室に入ってきたのは、黒のビジネスバッグを左手に持ち、カーキ色のトレンチコートを着た穂高だった。いつもの王子様スマイルはどこへやら、北極帰りみたいな冷え冷えとした雰囲気を漂わせている。すれ違いざまに飯塚さんを一瞥《いちべつ》した穂高が、私の左隣で立ち止まった。バッグを乱雑に机の上に置いた彼が、にこりと笑う。

「遅くなってすまない、香苗」

「……へ？」

私は再びぽかんと口を開けた。今、なんて言った？

穂高を見上げたけれど、彼の瞳からは何も読み取ることができなかった。飯塚さん達も、突然の穂高の出現に言葉を失っているようだ。

「飯塚さん」

穂高が飯塚さん達に向き直る。その表情は、冷たいままだ。

「コンペの準備もせず、香苗に根も葉もない噂話《うわさ》を聞かせるとは、余裕なんですね。さぞかし素晴らしい作品を準備しておられるようだ」

「っ！」

飯塚さんの頬にさっと赤みが差す。穂高がここまで嫌みを言うなんて、珍しい。いつもはスルーして終わりなのに。

「根も葉もないわけじゃないだろ？　鈍い三森が知らなかっただけで、社内でも有名な話じゃないか」

穂高が目を細め、険のある眼差しを馬鹿トリオに向けた。

「それで？　その噂《うわさ》を根拠に俺がYamagata.DesignStudioに情報漏洩《ろうえい》すると？」

「ああ、そうだ。彼女の言いなりのお坊ちゃんであるお前は、山形有美子の頼みを断れないだろう。まあ、その気持ちはわかるが。そこの三森とは違って、いい女だしな」

(何言ってるの、こいつ！　穂高を馬鹿にするのもいい加減にして！)

私に向けられた飯塚さんの蔑みの視線を、真っ向から受け止めて睨《にら》み返す。怒りにふるふる震える私の隣で、穂高は表情一つ変えなかった。

「……有美子さんと俺はそんな関係ではありませんよ」

——有美子さん。

淡々とした声に、ぎゅっと心臓を掴まれた気がする。穂高の声のどこかに、彼女を気遣う色が感じられたから。

俯《うつむ》いた私の右肩に、大きな手がぽんと載せられた。へ？　と思って顔を上げた私は、そのまま硬直してしまう。

「それにもう、俺には恋人がいます——なあ、香苗？」

「は？」

肩にがしっと食い込む穂高の指の圧力。結構力が入っていたけれど、その痛みを感じないくらい私は混乱していた。だって、穂高が。今まで人を小馬鹿にした態度しか取ってこなかった穂高が……私の肩を抱き寄せ、甘く蕩《とろ》けるような笑顔を見せていた。眦《まなじり》は下がり、唇は緩やかに弧を描き、何より目が！　なんなの、その愛の告白をしているって雰囲気の目はっ⁉

（私に向けてるの⁉）

そんな穂高の顔をどアップで見せられている私の心臓は、不覚にも鼓動が速くなっていた。

「はああ⁉　恋人ってお前……三森がか⁉」

飯塚さんの信じられないと言わんばかりの声に、私も思わず同意しそうになる。

（ちょ、ちょっと待って。今、何が）

混乱の呪文をかけられてしまったのか、ぽかんと開いたままの口から言葉が出ない。そんな私を置き去りにして、穂高はさっさと話を進めていく。

「俺と香苗が付き合って、何か不都合でも？」

飯塚さんが目の色を変えて穂高に迫った。

「お前、何言ってるんだ⁉　あれだけ三森とやり合ってばかりで、どう見ても仲が悪いとしか思えないだろうが！」

穂高が余裕綽々《よゆうしゃくしゃく》な笑顔を飯塚さんに見せた。

「……それは、香苗が俺の気持ちに気付かないのが悔しかったからですが？」

「ひっ！」

完全に私の息が止まる。

（なっなっ……何言ってるの、穂高ーっ！　私を殺す気!?）

溺れた人みたいに、息が苦しい。おまけに、ぶわっと頬に熱が集まってきた。

「え、穂高が？　三森と？」

「本当か？」

「マジかよ」

ワナワナと小刻みに身体を震わせる飯塚さんの後ろで、藤原さんと井上さんが小声で言い合っていた。私もマジかよって気分ですよ！

「だから、余計なことを香苗に吹き込まないでもらえますか？　口説《くど》き落とすのに六年もかかったんですから」

（え？）

穂高の横顔を見上げる。口元に笑みを浮かべながらも、笑っていない瞳で飯塚さんを見据えていた。こんな表情でも、呆れるぐらいに綺麗な顔だ。……いや、それどころじゃない。

「ちょっと、穂……」

言いかけた私の言葉が、彼の左人差し指に遮《さえぎ》られる。

「優だろ、香苗。もう隠さなくてもいい」

（いや、隠してなんかいないけど⁉）

私の下唇をゆっくり撫でる穂高の指は、妙に色気があって、背筋がぞくぞく寒い。

「はっ、そんな話、信じられるか。大方、山形有美子を庇《かば》って、三森をカモフラージュに使うつもりなんだろうが」

飯塚さんが持ち直したのか、また嫌みったらしい声でグチグチ言う。

「お前なら、単細胞の三森を言いくるめるのは簡単だろ？　三森はデザイン以外、なんの能もない奴だからな」

資料の山が崩れそうな机を、ちら見する飯塚さん。下卑《げび》た笑みを浮かべる彼に、穂高がそれはそれは綺麗な笑顔を見せた。

「……そんなに信じられませんか？　俺が香苗を愛していると」

ぐわぁあん！

頭の上にお寺の鐘が落ちてくる音が聞こえた気がした。

（あああああ、ああ、愛、愛しているって！）

飯塚さん達も完全にフリーズしてしまったけれど、私も機能停止してしまった。何⁉　一体なんなのこれは⁉

狭い会議室で穂高に肩を抱かれた私、対峙《たいじ》する飯塚さん、その後ろに藤原さんと井上さん。昼ドラの一場面を見てるの、私っ⁉

「……香苗」

固まった私の身体に穂高の腕が回されて、私の顔が彼のトレンチコートに埋まる。

（穂高に抱き締められてる⁉）

彼氏いない歴＝年齢の私には刺激が強すぎる！　それになんか、爽《さわ》やかな良い匂いするし。え、穂高の匂い？　コロンでも付けてるの？

（……細身に見えるのに、意外とがっちりした胸……って、そうじゃないっ！）

「すまない。俺のせいで嫌な思いをさせて」

「え、い、いや？」

穂高の声までいつもと違ってない？　得体の知れない熱が込められている気がする。

「俺と恋人同士になったことで、社内で良からぬ噂《うわさ》を立てられたくない、自分の実力で上に行きたい――そう思う香苗の気持ちを大切にしたかったんだが。こんな風に悪意を持った第三者に絡まれるなら、話は別だ」

穂高の右手が左頬に当てられる。手の平が大きくて、無駄にどきどきしてしまう。

そっと顔を上向きにされた。すぐ間近に穂高の顔がある。前髪が少し乱れていて、とろりとした熱が伝わってくる瞳に、緩く弧を描く唇。薄ら微笑むその顔が、あまりに……あまりに切なくて。まるで縋《すが》られているみたい。

（うぐっ……！）

見慣れているはずなのに、見慣れていない顔。こんな穂高は知らない。こんなのって、ない。

ゆっくりと穂高が身を屈《かが》めてくる。その時私の世界から、穂高以外のものが消えた。

目を閉じた穂高のまつ毛が長いことも、自分の唇に柔らかなモノが押し当てられていることも、近くでどよめきが上がったことも、何も認識できない。ただ、身体全体に彼の温かさが伝わってきて、思わずトレンチコートの袖を強く掴んだ。

え、この柔らかい感触は、一体ナニ……？

「――っ、！！！！」

ぬるりと下唇を舐められた感触に、びくっと身体が震える。その時、ようやく私の頭が動き始めた。

（なっ……何してるのーっ……！）

「んんんんんーっ！」

力一杯両手で穂高の胸板を突っ張り、ぶんぶんと首を横に振ろうとしたけれど、がっちり押さえ込まれていて動けない。

（くっ、苦し……っ！）

息を吸おうと口を開けた瞬間、肉厚な舌が口の中に侵入してきた。あっという間に、舌と舌とが絡み合う。初めて感じる、柔らかい粘膜同士が擦《こす》れる感覚。びりびりと肌に電気が走り、身体が硬直してしまう。

「んんんんーっ！」

唇を貪《むさぼ》られて、何がなんだかわからない。酸欠で意識が飛びそう――！

「んん、むうんんんっ……げほっ！」

ようやく穂高の唇から解放された私は、必死に酸素を求めてむせた。

「なっ……なにす、むがっ⁉」

大きな手に頭の後ろを押さえられる。完全に私の顔は穂高の胸板に埋まってしまう。

「……ここまで見せつけても、納得してもらえませんか？」

感情の見えないセリフ。冷たい刃を首筋に当てられているみたい。

「ちっ……！」

吐き捨てるような声。飯塚さん達の顔は見えないけれど、絶対悔しそうな表情をしていると声だけでわかる。

「で？　いつまでここで油売ってるんですか。俺は香苗とコンペに向けて打ち合わせをしたいのですがね」

穂高の声は冷ややかを通り越して、ブリザードだ。

「っ、どうせ、三森とお前じゃたいしたものなど、できないだろうがな！　行くぞ」

「飯塚さん」

捨てゼリフの後で大きな足音。そしてバァン！　とドアが勢い良く叩き付けられた音がした。

「ったく、年々酷《ひど》くなってくるな、あいつらは」

はあと溜息が聞こえたタイミングで、穂高の腕の力が緩む。私は思い切り穂高の胸を押し、ようやく離れることができた。

「……って、何してるのよ、ばかーっ！」

我に返った時には、バチン！　と小気味いい音が会議室に響いていた。穂高が目を丸くしながら左頬を押さえている。右手の指先がじんじんするけど、そんなことは関係ない。

むんずとトレンチコートの襟《えり》を両手で掴み、私はつま先立ちになって穂高を睨《にら》み上げる。

「穂高っ、あんたはあああ！」

怒りのままに、がくがくとヤツの身体を揺さぶるけど、穂高はまるで動じていない。至って冷静ないつもの顔に、私の怒りがＭＡＸゲージまで上がる。手の跡を頬に付けたまま、なんでこんなに落ち着いてるのよっ！

「いっ、飯塚さん達の、前でっ、き、あんなこと……！　それに穂高と私が付き合ってるって！　そんな大嘘ついてどうするのよっ！」

どうしてキスなんかしたのよっ！　と言えなかった私を見下ろして、穂高がさらりと答えた。

「キスしたのは、俺がお前を愛してるから。それだけじゃ不満か？」

「～～～～！！！！！」

またぶわりと顔全体が熱くなる。いつもの『お前が勝つの、楽しみにしてる』って言う時と同じ顔で、何言ってるの、こいつはあああああ！

「あっあっあっ……あああ、愛って！　何をいきなり」

口籠《くちごも》る私を見る穂高の目が笑っている。

「俺にとってはいきなりじゃない。ずっと香苗のことが好きだった」

「うぐっ……！」

穂高の襟《えり》から手を離して、衝撃を受けた心臓を押さえる。だめだ、ダメージが大きすぎて、頭の処理が追いつかない……っ！

「それに俺とお前が付き合ってるって話、もう社内中に広がってると思うぞ？　あいつらドアをちゃんと閉めてなかったから」

「！」

血が上《のぼ》った頭から、今度はさーっと血の気が引く。え、なに、さっきの一幕、他の人に知られたってこと……⁉

「ど、どうするのよ、穂高っ！　このままじゃ、付き合ってることになっちゃうじゃない！」

「どうもしない」

焦る私に穂高はしれっと笑みを見せ、ついと顔を近付けてきた。

「実際に付き合えばいいだろ？　俺じゃ恋人として不満か？」

「っ！」

さっきから心臓への攻撃が半端《はんぱ》ない。胸を拳で押さえ、ふるふる身体を震わせている私。その私をじっと見つめる穂高。少し動いたら、彼の息がかかりそうな距離。

……穂高の瞳って、こんなに綺麗だったっけ？　黒目の中に私が小さく映っていて——瞳の中に閉じ込められているみたいに見える。

（ちょっと待ってーっ！）

おかしい。自分の感覚がおかしいっ！

「ふ、不満とか、そーゆーのじゃ」

あたふたと両手をむやみに動かす私を見る穂高の目が、細く鋭くなった。

「他に好きな奴がいるのか？」

「いや、いないけど」

あ、正直に答えてしまった。穂高の口端が上がる。

「なら、大丈夫だ。お前は俺が恋人でも不満はない。俺はお前を愛してる。付き合うのに、なんの問題もないだろ」

「うぐぐぐっ……！」

え、笑顔で、あああああ、愛してるなんて、言うのやめてよ！　絶対心臓止まったわよ、さっき！

「それに、俺達が付き合っている方がコンペにも有利だ」

「へ？」

すっと真面目な顔になった穂高は、溜息をつきながら前髪を右手で掻《か》き上げる。

「さっきの見ただろ？　飯塚さん達は俺を毛嫌いしてる」

「ああ、あれ？　穂高が情報を流すだのなんだの、馬鹿らしいわよね」

一瞬穂高の目が丸くなった。私は腰に左手を当て、右手をびしっと穂高の胸元に突き付ける。

「あんたが自分の仕事を誇りに思ってること、私はよく知ってる。そんな穂高が、相手が誰だろうと、情報漏洩《ろうえい》なんかするわけないじゃない」

そう、たとえかつての師だったとしても。未《いま》だに『有美子さん』と優しい声で呼ぶ相手だったとしても。

――穂高はそんなこと、絶対にやらない。それだけは、自信を持って言える。

ふんっと鼻息を荒くした私を見る穂高の頬が、やや赤くなった気がした。

「……お前、そういうことを無意識に言うなよな……」

こほんと咳払いをした穂高が、話を続ける。

「……香苗はそう思ってくれていても、飯塚さんのような輩《やから》は一定数いるのは確かだ。俺が父さんの息子だから優遇されていると、陰口を叩いてるのも知っている。そんな奴らからすると、今回のコンペで俺に失敗してほしいのは間違いない」

「ええ～……」

(やだなあ、そういうの。正々堂々、実力で勝負しろっての)

私がげんなりすると、穂高の口元が緩むのが見えた。

「だから、香苗と俺が付き合っていると認識されれば、少なくとも有美子さんとの噂《うわさ》は下火になると思う。恋人とコンペに向けて頑張っているとアピールしたら、飯塚さん達の言うことを信じる人も減るだろう」

「むむむ」

まあ、一理ある、かも？　と思いつつ、丸め込まれている感がひしひしと……

(だけど、ねえ)

滑《なめ》らかで艶《つや》のある上質のシルク生地のような女性を思い浮かべる。対する私はせいぜい木綿《もめん》か麻ってところか。差がありすぎ。

「その、山形さんと私じゃ、全然タイプが違うじゃない。それで、その、私達が、つ、付き合ってるって、皆信じなかったらどうするのよ？」

つっかえつっかえ言った私のセリフは、鮮やかな御曹司スマイルにスルーされてしまう。

「……信じるさ。絶対に」

「なんでそんなに自信ありげなのよ……」

はあああと深い溜息と共に、肩を落とす。確かに穂高の言う通り、私達が付き合ってるってことにすれば、あの面倒な輩《やから》の言うことの信憑性《しんぴょうせい》は薄れるだろう。コンペ前に余計なもめ事なんてゴメンだ。それにモテる穂高と違って、私には彼氏のかの字もないし、恋人になったと噂《うわさ》されたところで誰に迷惑をかけるわけでもない。

(あああ、もう！)

ちらと穂高を見ると……なんでそんなににっこにこの笑顔なのよ……余計に気が抜けるわ……

「まあ、コンペが終わるまでの間、付き合ってることにして……その後は喧嘩《けんか》別れしたって言えば皆納得するかも……」

そうだよね、コンペで一緒に作業していて盛り上がっちゃったけど、冷静になって見解の相違で別れたってことにすればいいか。穂高だって、飯塚さん達が鬱陶《うっとう》しいからこんな提案をしてきたんだろうし。

――俺はお前を愛してる。

穂高の声を思い出した途端、二の腕に鳥肌が立つ。今まで喧嘩腰《けんかごし》だったくせに、いきなり何よ。突然そんな事言われたって、信じられない。なんであんな、熱の籠《こも》った目をしていたのか……

（……なしなしなし！　今のなし！　今はコンペのことだけ考えるっ！）

ぶんぶん首を横に振る。

私にとっては、今までやりたかった大型建造物デザインの初めてのチャンス。このコンペで認められたら、穂高みたいにもっと仕事を任せられるかもしれない。そのためには――

（……仕方ない。コンペのため、コンペのため！）

私はくしゃりと前髪を掻《か》き上げた。

「あー……わかったわよ。飯塚さん達に邪魔されたくないし、ひとまず、つ、つ、付き合ってるってことで」

口籠《くちごも》りながら交際ＯＫを出した私は……眦《まなじり》を下げ、めちゃくちゃ嬉しそうな穂高の顔を見ることになり……「コンペ終わるまでだからね!?　わかってる!?」と叫びつつまた心臓を押さえ、早々に会議室を引き上げる羽目に陥《おちい》ったのだった。

3　あの夜のコトとこの夜のコト

そして次の日。私の平穏な日々はすでに終わりを迎えていた。

「おはよう、香苗」

……どうして会社に入った途端、にこにこ笑っているヤツに出迎えられないといけないのか、誰か私に教えてほしい。

「オハヨウゴザイマス」

片言で挨拶《あいさつ》をした私は、ざっと辺りを見回した。今は出社時間帯。当然ここ一階ロビーは結構な人が行き来している。そんな中、ライトグレーのスーツを着た穂高が、朝っぱらから爽《さわ》やかな御曹司スマイルを振りまいている……私に対して。

「香苗と話がしたくて、早めに出社したんだ。香苗は、業務時間中は仕事に専念したいだろう？」

「うっ……！」

蕩《とろ》けそうな甘い微笑み。優しく眦《まなじり》を下げ、口元も緩やかなカーブを描いている。え、この人、ダレ!? 穂高の皮を被《かぶ》った別人じゃないの!? いつものシニカルな笑いはどこいった!?

穂高と私の周囲では、色んな視線が飛び交っている。

『え、穂高と三森って、犬猿の仲だったんじゃ』

『穂高のあんな顔、見たことないよな？』

『あの二人、本当に付き合ってるの？』

『恋人宣言したって聞いたわ』

（あああ、注目が痛い……！）

モカ色のジャケットにパンツ、そして白いブラウスの私は、人混みに埋没《まいぼつ》する平凡さだというのに！　すぐ近くに穂高が向かい合って立っているだけで、こんなに人目を惹くなんて。

「一緒に行こう」

「ほだっ……！」

右肩に穂高の右腕が回され、がっつりホールドされた。左肩のショルダーバッグは、いつの間にかヤツの左手に。穂高が顔を寄せ、私の左耳に囁《ささや》いた。

『飯塚さん達も見てる』

「！」

そうか、穂高がこういう態度を取っているのは、飯塚さん達に見せつけるためだったのか。噂《うわさ》の信憑性《しんぴょうせい》を高めるのが目的？

（それならそうと言ってくれれば）

……とはいえ、私に穂高並みの演技力はない。右肩と背中に感じる穂高の体温に、もぞもぞしたくて堪《たま》らないけれど、なんとか口角を上げて穂高に微笑み返す――フリをした。

私の引《ひ》き攣《つ》った笑いを見た穂高は、何故かふうと溜息をつき――あろうことか、私の身体を一瞬抱き締めた。

『きゃあーっ！』

（ぎゃあああっ⁉）

周囲のお姉様方の悲鳴と私の心の悲鳴は同時だった。

「香苗は柔らかくて、抱き締めると気持ち良いな」

「〜〜〜〜！！！」

朝から何言ってるの、こいつはあああ！

思わず拳を握り締めたけど、こんなところで殴るわけにもいかない。「はは、は」と殺気を込めて笑い返すと、穂高は渋々といった風に手を緩め……でも肩から手は離してくれず、私は仕方なく穂高と連れ立って部署に向かうことになったのだった。


「おはよう、香苗。朝っぱらから穂高とラブラブだったって？　やるじゃない」

「ぶはあっ！」

いきなり後ろから背中を叩かれた私は、危うく飲んでいたアイスコーヒーを噴き出すところだった。

「とっとっとっ、冬子！」

キョロキョロと辺りを見回す。自販機コーナーには今、私と冬子しかいない。良かった、誰にも聞かれていないようだ。

「だって、ねえ？　あの穂高が香苗を溺愛してるなんて、久々のビッグニュースだわ」

デニム生地のスキニーパンツを着こなす冬子は、脚が長くて相変わらずカッコいい。黒の長袖Tシャツも、すらりとした体形を際立たせていて……私が隣に立つと、スタイルの違いが明らかすぎる。

「いやだから……え？　溺愛？」

なんのことだ。私が目を丸くすると、冬子がおやおやと肩を竦めた。

「穂高、あの三馬鹿相手に啖呵《たんか》切ったんでしょ？　香苗を愛してるから恋人になったんだって」

「＠＊！　△■？〜！」

コーヒー缶を持つ右手に力が入る。え、もうそこまで噂《うわさ》が出回ってるの⁉

「香苗も『穂高を信じる！』ってあいつらの言うこと突っぱねて、おまけにキ」

「ああああああああああ！」

冬子の言葉を遮《さえぎ》ろうと、あわあわ左手を動かす私に、生ぬるい視線が突き刺さる。

「……ま、良かったんじゃない？　これで穂高も落ち着くだろうし」

「……へ？　落ち着く？」

なんのこと？　そんな疑問が顔に浮かんでいたのか、冬子の表情がビミョーに変わった。

「香苗……もしかして、まだわかってないの？　穂高のこと」

「何が？」

いつも小憎たらしくて、絶対超えてやると思っているライバルで、そして。

——俺は香苗を愛してる。

唇に触れた、柔らかな感触まで甦《よみが》ってきて——

（ぎゃあああああああっ！）

あああ、だめだ、思い出すんじゃないっ！

これ以上動揺したら溢《こぼ》しそうだ。慌ててごくごくとコーヒーを飲み干し、空《あ》いた缶を分別ボックスに捨てる。

「あっあのねっ、変な噂《うわさ》が回るかもだけど、これも全てコンペのためだから！」

「はあ？」

怪訝《けげん》そうな冬子を前に、私は声に力を込める。

「だって、あの三人、穂高が不正だのなんだの、鬱陶《うっとう》しかったのよ。だから穂高と相談して、その、つ、つ、付き合ってるってことに」

「……」

「朝の一件も、その延長だって！　飯塚さん達が見てたみたいだし」

私を見る冬子の目が、一気に哀れみの色に染まった。なんで？

「ああ……そういうことにしたんだ、穂高……」

「そ、そうなの！　さすが冬子、わかってくれたのね！」

良かった、冬子だけでもわかってくれて。うんうんと頷く私。

「だから、穂高と私の関係は、全然変わらな」

「……何が、変わらないって？」

背後からキンと冷えた空気が流れてくる。冬子の視線が私の後ろに移った。

「おはよう、穂高くん。朝からあなた達、ちょっとバズってるじゃない」

（え……）

恐る恐る振り向くと、そこには御曹司スマイルを浮かべた穂高が立っていた。

「おはよう、九条さん。……会議室にいないと思ったら、ここにいたんだな、香苗」

「は、ハイ」

なんなの、その圧力は⁉　また片言になっちゃったわよ⁉

穂高から、なんとも言えないオーラを感じる。顔は笑っているのに、目が笑ってない。コワイ。

一歩後ろに身を引いた私の右手首が、穂高の右手に掴まれた。

「えっ⁉」

ぐいっと引き寄せられた私の身体が、穂高の胸板にぶつかる。あっという間に、私の左肩にヤツの左手が回され、身動きが取れなくなっていた。

「九条さんにはちゃんと教えておいた方がいいだろ、香苗？」

「！」

右耳から息と同時に吹き込まれたセリフ。ぶわっと身体の熱が上がった。

「九条さん」

穂高が冬子の方に身体を向けた。私の肩に長い指が食い込んでいる。

「見ての通り、俺達は付き合うことにした。ようやく香苗が俺の気持ちに気付いてくれたんだ」

(ちょっと！　何話を盛ってるのよ！)

「へええ、そう……穂高と香苗が、ついに……ねえ」

冬子の視線が生ぬるくて、背中がむず痒《かゆ》い。

「とっ、冬子っ！　誤解しないでよ」

「誤解などしないよ、九条さんは。俺達が相思相愛だって広めてくれるはずだ」

(ひえ〜〜っ!?)

『何言ってるのよ、穂高っ！　冬子が信じたらどうするのよ!?』

小声で抗議すると、穂高の笑みがますます深くなった。

『信じてもらわないと、困るだろ？　香苗の親友である九条さんが俺達の交際を認めたとなれば、誰も疑いは持たなくなる。これもコンペに注力するために必要なことだ』

『うぐっ……！』

コンペを持ち出されると、何も言えなくなる。もごもごと口籠《くちごも》る私に、爽《さわ》やか御曹司スマイルを浮かべる穂高。傍《はた》から見れば、どんな風に見えるのか……怖い。

「まあ、いいんじゃないの？　香苗も穂高くんもフリーだったし、他人にとやかく言われる筋合いはないし。しいて言うなら、穂高ファンの棘《とげ》ある視線が鬱陶《うっとう》しいってだけでしょ？　良かったわね、香苗。嫉妬《しっと》される女になって」

パチパチと拍手をする冬子の笑顔が胡散臭《うさんくさ》い。そりゃ、『実力を認められて、皆に嫉妬《しっと》されるぐらいになる！』って言ったことはあるけど、意味が違う、意味が。

「嬉しくない……」

ぶうと頬を膨らませると、穂高が右手で口元を押さえてそっぽを向いた。彼の身体が小刻みに震えている。ちょっと、笑ってるでしょ、そこ!?

「とにかく、あなた達二人が、蕩《とろ》けそうな熱い恋をしてるって言っとけばいいのね？」

「なっ⁉」

「ああ、頼むよ。この礼は近々」

冬子の衝撃発言に気を取られている間に、穂高はさっさと話を進めてしまう。

「じゃあね、香苗。またランチの時に聞かせてよ。穂高くんとのアレコレ」

「冬子っ！」

右手をひらひらさせながら去っていく冬子。ガーン、の吹き出しが頭のてっぺんにぐさりと刺さり、もう言葉が出ない。

「行くぞ、香苗。コンペに全力を出すぞ」

「ううう……」

冬子でさえ、これじゃあ……他の人なら尚更《なおさら》あることないこと噂《うわさ》するわよね。ああ、でも。

「わ、わかったわよっ！　コンペのためだから、誤解されても我慢するわよ！」

(コンペのため、コンペのため)

お経のようにぶつくさ唱えていた私は、穂高の手が肩に回されたままだったことも、ヤツが私を見下ろして満足げな笑みを浮かべていたことも、何も気付かないままだった。

＊＊＊

そうして、『穂高と三森が付き合ってるキャンペーン（？）』が始まって二週間余り。私は例によって会議室に籠《こも》ったまま、椅子に座り疲れた肩を回していた。穂高はクライアント先で別案件の会議に出ていて、今日一日ここにはいない。

（なんというか……疲れる……）

しみじみ疲労感が溜まっている。そう、皆の反応が、想像していたのと違うのだ。

性格はともかく、社長令息でセレブでイケメンで、理想の彼氏ナンバーワンの穂高と付き合うんだから、色々と文句を言われるだろうと思いきや。

『そうか、それは良かった。これからも協力して頑張ってくれ』竹田課長・談。

『いやあ、落ち着いてくれて良かった』その他大勢・談。

社長にまで『優のことを頼みます』って頭を下げられて、本当……胃が痛くなった。

（社内の生温かい目が、もの凄く居たたまれない……！）

え、どうして？　穂高ってモテていたよね？　だから私が相手じゃ、絶対『あんたなんかじゃ彼に釣り合わないわっ！』とかお姉様方に責められるかもと思ったのに……どうして皆、こんなに歓迎ムードなワケ⁉　誰か一人くらい、文句言う人いないの⁉

（陰では文句たらたらかもしれないけど、少なくとも表向きは何も言われてない）

『あー、香苗は知らなくてもいいと思うわー。とにかく、穂高と仲良くしておけばいいしー』って冬子も棒読みで言ってたしで、わけがわからない。

（おまけに穂高が）

やたらと距離が近い気がする。例えば昨日だって——

カチャカチャとマウス音が会議室に響く。同時に紙をめくる音も。

「香苗、まだ悩んでるのか？」

私の斜め前の席で資料を確認していた穂高に声をかけられた。

「うーん……ＳＲＣ構造と木造は違うから、まだ勝手が掴めなくて」

モニターを見ながら、私はウンウン唸《うな》っていた。ＣＡＤのソフトで大まかな形を造り、強度の確認をしようとしたけれど、なかなか思うような数値にならない。

「ああ……こうしたらどうだ？」

ひょいと席を立った穂高が、私の後ろに回る。大きな右手が、私の右手に重なった。

「へっ⁉」

（ちょ、ちょっと！）

マウスを動かす彼の手の温かさが、手の甲に伝わる。知らず知らずのうちに、身体がカチコチに固まってしまった。

「ほら、この壁の強度を上げるには、ここに」

（うわあああああっ）

後ろから穂高が私に覆い被《かぶ》さっている。穂高の顎《あご》が、私の頭のてっぺんに押し付けられた時、ほんのりミントの香りがした。

言葉が全く耳に入ってこない。マウスを動かし、あっさり壁や鉄骨の位置を変えた穂高が、目を見開いてフリーズした私の顔を覗き込む。

「これでどうだ？」

笑っているようで、笑っていない、獲物を狙うような目。身体中に悪寒《おかん》が走りまくっている。

「わわっわ、わかったわよ！　アリガトウ！　あ、そうだ、あの資料を見ないとっ」

シュッと右手を引っこ抜き、椅子ごと左に移動して、机の上に積み上がった資料を探す、フリをした。穂高は肩を竦めて、また元の席に戻る。

（な、なんかもう、心臓が持ちそうにないんだけど！）

今まで一緒に仕事をした経験はないから、二人きりで長時間過ごすことはなかった。それが、こっ、こんな風になるなんて、予想もしてなかった。

（ペアを組んだって、喧嘩《けんか》ばかりになると思ってたのに）

どうして追い詰められたウサギみたいな気持ちになるのだ。手元の資料に視線を落とした穂高の顔が、やたらと綺麗に見えるのは何故。筋張った大きな手の感触が、まだ手の甲に残っていて……むずむずする。

（忘れろ忘れろっ！）

集中集中。目の前の仕事に集中すれば、きっとこんなもやもやも、むずむずも、消えてなくなる……はず！

（そうやって、両手で両頬を叩いて気合を入れ直して、なんとか仕事を続けられたけど）

穂高って、ちょっとしたことでもスキンシップを取ってくる。すれ違いざまに肩を叩くとか、髪の毛を触るとか、顔を寄せてくるとか。あの整った顔が間近にあると、息ができなくなる。それに会議室だけじゃなく、廊下とかカフェとか人目がある場所でも、同じように触れてくるのだ。

今や、社内で穂高が私の肩を抱いていても、視線を集めなくなった。それぐらい、皆見慣れてきたってこと⁉

「ううう……」

いつの間にか、穂高の匂いや体温、手の形に慣れてきたのが……少し怖い。それにだ。

(穂高ってマッサージが凄く上手なのよっ……！)

肩とか首とかをコキコキ鳴らしていると、『また同じ姿勢でいただろう』と小言を言いながら、ぐいっとツボ押ししてくれる。大きな手に、ツボにぐぐっと力強く入ってくる長い指。痛気持ち良くて堪《たま》らない。

(なんか私、流されてる……？)

お腹空《す》いたな～と思ったらおにぎりとかが出てくるし、疲れたな～と思ったらマッサージだし、欠伸《あくび》したらコーヒー缶を置いてくれる。世話好きなんだよね、穂高……そしてそれに甘えている自分が……いる。

(このまま穂高に依存しちゃったら、どうするのよ⁉)

まあ、キャンペーンが功を奏した(？)のか、飯塚さん達のちょっかいは格段に減ったと思う。それだけは、本当に良かった。精神衛生上よろしくないし、あの人達。

「あー、あと少し！　頑張ろ！」

穂高のことを考えていて、時間が過ぎてしまった。あと少しでアイデアが形になりそうだから、もうちょっと。

私は資料を広げ、あのビルの歴史を見直すことにした。ほんの数分で、私は資料の世界に入り込んでいた。


「……おい、香苗」

ぽんと叩かれた肩がびくっと揺れた。ぼうっと斜め後ろを見上げると、いつの間にか黒のトレンチコートを着た穂高が後ろに立っていた。

「え、穂高、今日は戻ってこないんじゃ」

私がそう聞くと、穂高の目が細くなる。

「香苗のことだから、俺がいないと時間を忘れるんじゃないかと思ってな」

穂高が親指でくいと壁掛け時計を差した。

「もう二十一時だぞ。お前ロクに夕飯も食べてないだろ」

「うわ、もうそんな時間!?」

道理で目がショボショボするはずだわ。うーんと伸びをし、固まった肩を解《ほぐ》した私は、右手で眉間のマッサージをした。

「ああ～どっぷり浸《つ》かってたわ……」

建設当時の図面や写真を見ているうちに、完全にタイムスリップしていた。完成直後、多くの人が列を作って買い物をしているモノクロ写真が、色鮮やかに浮かぶぐらいに。

「とにかく、これを飲め」

「ありがと」

穂高から湯気の立つ紙コップを受け取る。一口飲むと、コーヒーとミルクの香りが口の中に広がった。苦すぎず、甘すぎず、ちょうど良い甘さだ。こくこくとカフェオレを飲む。

「あ〜、ちょっとスッキリした。……って、穂高？」

さっさと資料を片付けている穂高に声をかけると、「もう今日は終わりだ。食べに行くぞ」と返される。

(帰りにコンビニに寄っておにぎり、でもいいのに)

まあ、この時間でも開いているファミレスやカフェはあるけれど。

「大体お前は目を離すと、コンビニで三食済ませるからな。体調管理がなってないぞ」

「うぐ」

なんで知ってるのよ、そんなこと。

「しかも最近、野菜が不足してるだろ。バランス考えろよ」

……穂高ってオカン気質だったの……？

「ナニソレ、お母さんみたいだよ、穂高……」

私の言葉に、ぴくっと穂高の眉が震えた。「へえ」と言って口角を上げているけど……目が笑ってない……！

「どうやら、香苗とはゆっくり話をする必要があるようだな」

「う……」

穂高の気配に圧《お》されて、身体が固まってしまう。そうこうしているうちに、穂高は私の手から紙コップを取り上げ、ノートパソコンの画面を確認して電源をＯＦＦにし、会議室備え付けのロッカーにパソコンを入れた。ちゃちゃっと暗証番号を設定する穂高の指が、長くて綺麗で……って、何考えてるの、私っ⁉

「ほら」

穂高が、私のジャケットとショルダーバッグを差し出していた。ううぅと唸《うな》りながら、ジャケットを羽織《はお》る。

「行くぞ」

「ちょっと……！」

穂高の左手が私の右手首を握っている。そのまま引っ張られる形で廊下に出た私は、歩幅が大きい彼の後ろで、ちょこまか早足になっていた。最近このパターン多くない⁉

（穂高、なんで不機嫌な顔してたの⁉）

目の前の張った肩から、ずもももと黒い霧《きり》が出ている幻影が見える。というか。

（穂高に手繋ぎされて退社する私って、どう見られてるのよっ⁉）

遅い時間帯だから、残っている社員もまばら。それだけは、ラッキーだった。けど——！

（何、この生ぬるい視線は⁉）

特に同期連中からの視線が、なんとも言えず気持ち悪い。非難でもなく、驚きでもなく、なんというか。

「残業お疲れさん。今帰りか？」

よっ、と右手を挙げて話しかけてきたのは、隣の課の山田《やまだ》くん。グレーのトレンチコートを着ている彼も、穂高と同じぐらい背が高いが、大学時代ラガーマンだっただけあって、肩幅と胸の厚みが半端《はんぱ》ないのだ。スポーツ刈りの彼は、建築現場でデザイナーだと信じてもらえず、現場監督に間違えられたことまであったらしい。

『俺は土建屋育ちだからな』って笑う山田くんは、気のおけない同期の一人だ。

「ああ、お疲れ」

穂高の愛想ない返事に、からからと山田くんが笑い、ばしっと穂高の右肩を叩いた。

「これから三森とのデートか？　邪魔して悪かったな！」

「なっ！」

山田くんが私に向けた目に浮かぶのは……

「三森もさあ、穂高に優しくしてやれよ？　こいつ拗《こじ》らせてるから」

「は？」

なんで冬子に引き続き山田くんにまで、哀れみの目で見られないといけないのだ。戸惑う私の手を穂高が強く引いた。

「俺達、夕飯食べに行くから。じゃあな」

「おお、楽しんでこいよ！　三森もな！」

爽《さわ》やかな笑顔を振りまいた山田くんが、さささっと足早に姿を消す。

「ったく、どいつもこいつも」

前を向いている穂高の表情は見えない。見えないけれど――ここは黙っておいた方が良さそうだと思った私は、手を引かれるまま彼と連れ立って会社を後にしたのだった。

＊＊＊

「――夕ご飯食べるんじゃなかったっけ？」

「目の前に並んでるだろ」

「そーゆー意味じゃないわよ。どこかのファミレスで食べるんじゃなかったの!?」

「俺がそんなこと、一言でも言ったか？」

「……言ってない……」

おかしい。絶対におかしい。なのに、私がおかしいのかとすら思えてくる穂高の態度。

（けど、まさかあのホテルに来るなんて）

穂高に手を引っ張られて連れてこられたのは、駅まで走れば数分で着くタワーホテル。そう……私の黒歴史の舞台となった、あのホテルなのだ。

（あの時って、ロクに周りも見ず逃げ出しちゃったけど、こんなところもあったんだ）

今、私と穂高がいるのは、最上階のラウンジ。さすがにこの時間帯、レストランに入ることはできず、開いているラウンジに連れ込まれた（？）のだ。

アルコール提供がメインと言っても食事も充実しているらしく、目の前に並べられた美味《おい》しそうなお肉（多分霜降《しもふ》り）にサラダ、ポタージュスープに至るまで、キラキラ輝いて見える品揃えだ。

「遠慮しなくていい。ここのオーナーとは顔見知りだから融通《ゆうずう》が利くんだ」

「……いただきます」

確かに、メニューを見ずに注文してたよね。あーやっぱり穂高ってセレブなんだなあ、と思いながら、軽く火を通したフィレ肉を口に運ぶ。

（うわ、口の中で蕩《とろ》けた！　フォークで切れるぐらい柔らかだったけど、何、この肉の脂の甘さはっ……！）

塩こしょうの味付けでこの風味。かなりの高級肉と見た。こんなの、年に一回食べられるかどうか。

「美味《おい》しい……っ」

思わず声を漏らすと、赤ワインの入ったグラスを持った穂高がにこりと微笑む。

「ここのステーキは有名なんだ。香苗にも食べてほしかった」

「うわー、穂高がペアで良かった……」

今初めてそう思えた。ばくばく食べる私を見据えた穂高がぽつりと呟く。

「食べ物で釣れるなら、もっと早く釣っておくんだった」

「何か言《にゃに》った《ひ》？」

「食べるのか喋るのか、どちらかにしろよ」

穂高のフォークやナイフを使う様がとても綺麗。こういう場所で緊張のきの字も見えないところが、セレブたる所以《ゆえん》だよね。

「穂高ってセレブなんだなあって、今実感した」

「お前俺のこと、本当に同期としてしか見てないんだな」

苦笑する穂高の声のトーンに、どこか引っかかる。

「だって穂高は穂高じゃない。それ以外に何かあるの？」

私がそう言うと、穂高はフォークを置いて、またワイングラスを手に取った。

「同期でも、俺が父さんの息子だってこと、意識してる奴が大半だぞ。俺の機嫌を損ねたら大変だとか、依怙贔屓《えこひいき》されてるとか」

「いや、それはないよね。だって社長、穂高に人一倍厳しいじゃない」

社長が穂高を息子だからって贔屓しているところなんて、一度も見たことない。どちらかというと、辛口コメントが多い気がする。もし社長が贔屓なんてしてたら、穂高のライバルとしていつも戦ってきた私が気付かないわけがない。穂高だって、用がない限り、直接社長に話しかけるなんてこともしていない。それに穂高は社内じゃ社長のこと『社長』呼びだし。

「大体、私がライバルだと認めた相手が、仕事で贔屓されてるだなんて噂《うわさ》、私に対する侮辱《ぶじょく》も同じなんだから！」

あ、あの三馬鹿トリオのこと思い出して、腹が立ってきた。ぐさりと肉にフォークを突き刺した私は、むぐっと大きな塊《かたまり》を口に入れる。もぎゅもぎゅ口を動かしていると、じーっと私を見る穂高の視線に気が付いた。……えーと、あの。

（どうして、そんな目で見ているの？）

真正面にいる穂高の瞳に、いつもの揶揄《からか》う色はない。背中がむず痒《かゆ》くなるような、あの、何か蟻地獄に足を突っ込んで呑み込まれるみたいな、なんとも形容しがたい視線が……っ……！

「ぐっ!?」

動揺のあまり喉に肉を詰まらせた私は、咄嗟《とっさ》にワイングラスを手に取っていた。

「んご、んっ……っ……！」

あああ、これ赤ワインだった！　肉塊は胃に流れていったけど、久々のアルコールがきつい……！

「穂高っ、なんで私のこと、じろじろ見てるのよ!?　ワイン飲んじゃったじゃない！」

思わず穂高に責任転嫁すると、ヤツはしれっと笑った。

「アレルギーとかで飲めないわけじゃないんだろ。俺が覚えてるから大丈夫だ」

「ぜっんぜん、大丈夫な気がしない……」

もう記憶をなくすのなんてごめんだから、これ以上は飲まない、と穂高に言うと、ヤツも「それがいい」と深追いしてこない。私は蕩《とろ》けるお肉に専念することに決めた。あ、焼き野菜も甘くて美《お》味《い》しい。さすが有名ホテル。

それからは、穂高も黙って食事をしていた。心の片隅で居心地の悪さ……というか、落ち着かない気持ちを抱えながら食事を終わらせ、食後のコーヒーを飲んでいる時に事件が起きた。

「ああ、そうだ。今日はもう遅いから、部屋を取ってある」

「は？」

ああ、挽《ひ》き立ての豆の香りが最高～と味わっていた私は、あんぐりと口を開けた。穂高はやっぱりしれっとした顔をしている。コーヒーカップを右手に持ち、ゆったりと椅子に座って伏目がちに微笑む姿は、どこかの雑誌の御曹司特集に掲載されていても不思議じゃない雰囲気だ。私はカップをソーサーに戻してから聞いた。

「部屋って……このホテルに？」

前も思ったけど、ここ結構高いよね⁉　私が普段使うホテルの何倍するのやら。

「その方がいいだろう？　香苗」

ざわり、と空気が震える。口端を上げ、優しげに微笑むヤツの瞳に、冷徹な何かが映っていたのを、はっきりと見た。

「何しろここは……あの夜の思い出の場所だから。そうだろう？」

「っ⁉」

一瞬心臓が止まった。息が吐けない。ラウンジに流れていたＢＧＭの音も消えた。指を組み、私を見つめる穂高が……悪魔に見えた。

「な、に言って……」

嫌な予感が足元から心臓まで上《のぼ》ってくる。だって、ここがあの場所だって、私が酔っ払って処女喪失したホテルだって、誰にも——冬子にすら言ってないのに。

「あの時、香苗は」

穂高がふっと遠い目をした。

「大きな目をきらきらさせて、頬を赤らめて、可愛かった。失恋したばかりの俺を慰《なぐさ》めてくれて……ああなったのは自然な流れだった」

「は、ま、って、え……え……」

「なのに、先に起きた俺がシャワーを浴びている間に、誰かさんは逃げ出したんだよな？」

（ちょっと待って～っ！　まさかっ！）

頭の中でぐわんぐわんと鐘が鳴っている。信じたくないけど……信じたくないけどっ！

「まさか、穂高……あの時の!?」

思わず穂高を指さすと、ヤツは、それはそれは綺麗に笑った。

「やっと認識したか。俺はあの日から、一日たりともお前を忘れたことなどないのに」

（えええええええええーっ！）

起きたら裸で、脱ぎ散らかした服を慌てて集めて着て、産婦人科に駆け込んで……それから、誰が相手だったのか調べる術《すべ》もなかったし、もう忘れた方がいいと思い切って、それでもたまに思い出しては、あああと仰け反って。……って、していたけど、穂高があの時の相手……ってことは。

(私、穂高とヤってしまったってことぉ⁉)

嘘！　と叫びそうになり、右手で口元を隠す。何がなんだか、わけがわからない。

「ちょ、ちょっと、待って」

忘れたことなどない、って言っていた。じゃあ穂高は。

「……もしかして、最初から私のこと、気が付いてた……？」

入社式で思い切り睨《にら》み付けられた時のことを思い出す。あれって。

穂高はにっこり笑って頷く。

「当たり前だろ。俺をこっ酷《ぴど》く振った相手なんだからな、香苗は」

(ぎゃあああああっ！)

だめだ、あまりに自分の処理能力を超えている。くらくらと目眩《めまい》までしてきた。

「責任、取ってくれるだろ？」

「へ？　責任？」

ずきずき痛む頭を押さえた私に、笑いかける穂高が……とても……

「お前は俺を惚れさせて、名乗りもせずに逃げた。あの夜のことがショックで、俺は女性と付き合うことができなくなった」

……コワイ……獲物を狙う蛇の目をしている……こ、こんな穂高見たことない！

「ソ、ソウデスカ……」

あんなにモテモテなのに、彼女がいなかったのって、それが原因⁉　元凶、私⁉　穂高の順調な

セレブ人生、私が歪《ゆが》めちゃったの⁉

たらり、と冷や汗が流れる。まずい、これはまずすぎる。私はぶんぶんと右手を左右に振った。

「い、いや、私もあの出来事がショックで、未《いま》だに彼氏ゼロだし」

それで相打ちとしてほしい。だって慰謝料なんて払えないし、せいぜい穂高の仕事の手伝いを率先してやるとか、それぐらいしか私にできることはない。

「だから……」

目の前の穂高は、私の言うことを何も聞いていないような顔をして話を続けた。

「……二度と忘れないよう、俺をお前に刻みたい。今夜は付き合ってくれるよな？」

（ぐっ……！）

眦《まなじり》を下げ、唇を綺麗な三日月型にして微笑む穂高は、今まで見たどんなホラー映画よりも、おどろおどろしい……っ。

（え、ちょっと待って、穂高って、私に復讐したくて、近付いたってこと？）

……あ、なんか腹落ちした。穂高に好きだの愛してるだの言われて、ピンときていなかったけど……あの時自分を捨てた（捨てたんじゃなくて、逃げたんだけど）女に痛い目遭わせたいとか、そう思ってたのかな。それだったら、わかる気はする。

「……」

きっと私とああなるまでは、もててもてて仕方がない人生を送っていて、唯一の汚点が私だったんだろうなあ。ちょっと気の毒かも……

「……」

じゃあ、私が一回折れれば、それで解決……？

「香苗、お前今、絶対ロクでもないこと考えてただろ。多分その考えは間違ってる」

「え？」

私が瞬《まばた》きをすると、穂高がすくっと立ち上がり、私の右横までやって来た。

「ほら、いくぞ」

と言うのと同時に、がしっと右腕を掴まれ、引っ張り上げられる。穂高はそのまま、半ば私を引き摺《ず》るように歩き出す。よたよたと覚束《おぼつか》ない足取りで、なんとか彼についていく。

「ちょっと！　まだコーヒー残ってて」

「ルームサービスでも頼める」

「もったいなくない!?」

「ない」

うわー取り付く島もない。レジ近くのクロークでコートを受け取り、ブラックカードで会計をちゃっちゃと済ませる穂高の左手は私の右腕を掴んだままだ。平日で客が少なく、目立たないのだけが幸いだけど。

（あああ、ドナドナの音楽が聞こえる……）

穂高は絨毯《じゅうたん》が敷かれた廊下をずんずん歩き、エレベーターの前で足を止める。すぐに音もなく開いたエレベーターの中に入った（入らされた）私は、ボタンを押す穂高の横顔を見上げる。モデルみたいに綺麗な顔には、なんの表情も浮かんでいない。……私、本当に穂高と？

（覚えていないから、言い返すこともできない）

あの夜は……自分の作品は箸《はし》にも棒にもかからなかったけれど、大賞を取った作品に見惚《みと》れて……その作品のデザイナーに会えるかもって思ったから参加したものの大賞受賞者は欠席で、結局誰なのかわからなくて。

（それでも名立たる建築デザイナーが何人も参加していて、姿を見られただけで幸せだったし、お酒も美味《おい》しくて……飲みすぎちゃったのよねえ）

ああ、なくなった自分の記憶が憎い。だって、穂高とそーゆー関係になったってことは、だ。

（……もしかして、私が酔った勢いで穂高を襲ったとか⁉）

だからこんなに怒っているのかもしれない。誘っておいて、翌朝置き去りにして逃げる女……我ながら最低だと思う。

（土下座して誠心誠意謝ろう、うん）

きっと穂高も、ちゃんと説明すればわかってくれる、はず……だよね⁉

止まったエレベーターから降りて、また引き摺《ず》られる私。わかってくれ……るよね、穂高⁉

「あ」

穂高に引っ張られながら周囲を見る。金箔《きんぱく》が散ったアイボリー色の壁紙……薄っすら記憶にあるような、気がする。

やがて白いドアの前で立ち止まった穂高が、上着の胸ポケットからカードキーを取り出し、さっとロック解除した。何も言わないまま、部屋の中に入る彼についていくしかない私。

部屋に入った私は、ようやく穂高の腕から解放された。視線をあちらこちらに走らせ、うっと息を呑んだ。

「……ここって」

そう。あの朝、私が逃げ出した部屋だ。ロクに周りも見ず逃げ出したけど、広々としたキングサイズのベッドは覚えている。部屋に入って短い廊下の右側に洗面所（多分その奥は浴室）とミニキッチン、左側にクローゼット。そして奥にでんと鎮座する大きなベッドとソファセット。ベッドの向こう側は一面窓らしく、ブルーの生地に金色の唐草《からくさ》模様のカーテンがかかっていた。

「覚えてるのか？」

ジャケットとバッグをソファに置いた後、周囲をぐるりと見回す私に、穂高が聞いてきた。私はうーんと唸《うな》った。

「なんとなく、だけど。壁紙や絨毯《じゅうたん》やカーテンの色に見覚えが」

靴で絨毯《じゅうたん》を擦《こす》ってみる。毛足が短めだけど、擦り切れているわけじゃない。ちゃんと手入れされている感触だ。

高級感溢《あふ》れる素材を使ってるよね、組み合わせも有名なホテルらしい。ちょっと壁を触ってもい？　と聞くと、穂高は眉間に皺《しわ》を寄せた。

「お前、今どういう状況なのか、忘れたのか？　酔っぱらっていないのに？」

「……あ」

ホテルの内装に夢中になっていて、穂高とどういう状況なのか、すっぽり頭から抜けていた。

「え、えーと……その、要は穂高は、私に恨みを持ってて、復讐したいってことだよね？」

穂高の肩ががくっと崩れたように見えた。がしがしと右手で頭を荒っぽく掻《か》いた穂高が、私の方に一歩踏み出す。

「……ったく……ああ、もうそれでいい。で？　俺を置き去りにした報いを受けてくれるんだよな？」

ずいっと穂高の顔が間近に迫る。くっ、身長差があるから、迫られている感が凄い。照明の影になった穂高の表情は――読めない。

「わ、わかったわよ。あの時は……本当にごめんなさい！」

がばっと床に膝をついて土下座する。穂高の高そうな、艶《つや》の良い革靴に向かって、謝罪の言葉を述べた。

「あんなに記憶なくしたこと、初めてで……びっくりして逃げちゃってごめん！　穂高だって、どこの誰ともわからない女とそーゆーことになって、驚いたよね？　穂高の気持ちも考えてなくて、ごめんなさい！　ええと、慰謝料はすぐには払えないけど、月賦《げっぷ》にしてくれたら、なんとか！」

「……」

穂高の沈黙がコワイ。もう私にできることは、誠心誠意の謝罪だけだ。

おでこを上質な絨毯《じゅうたん》に擦《こす》り付け、ひたすら頭を下げていると、恐ろしく大きな溜息の音が聞こえた。

「俺はそんなことを望んでるんじゃない」

「え？」

頭を上げると、穂高まで跪《ひざまず》いていた。私を見つめる穂高の瞳の色が……

（……濃い？）

いつもは栗色が混ざった不思議な色合いだけど、漆黒に近い色になっている。印象が違う……？

「ほだ……っ⁉」

え。え。えええええっ⁉　唇、塞《ふさ》がれてる……っ⁉

「んくっ！」

びっくりしすぎて、しゃっくりが出そうになる。穂高の大きな手が私の両肩をがっしり掴んでいて動けない。

「ん、んっ……！」

目を開けたままの穂高。間近で私を見据える、その瞳の鋭さから視線を逸らして、ぎゅっと目を閉じる。薄い唇が私の唇と擦《こす》れ合う感触が、妙に生々しい。ヤツの舌が下唇を押すように舐めた時、纏《まと》わり付く熱を感じて背筋がぞくぞくと震えた。

「は、んっ……ん、はっ」

強引に私の唇を割った舌が、そのまま歯茎を舐め始めた。私が何もできない間に、舌が肉厚の舌に搦《から》めとられ、そのままじゅるりと吸われる。ぴちゃぴちゃと卑猥《ひわい》な音がするのは、唾液が混ざり合う音？　思わずごくんと飲み込んだ唾液は——穂高の味がした。

「……っ……んんっ」

息苦しくて、顔に熱が集まる。痺《しび》れて動かない身体は、逞《たくま》しい胸元に抱き締められていた。

「くるっ、し……」

辛《かろ》うじて出せた掠《かす》れ声に、ようやく穂高の唇が離れた。げほげほっと咳き込んだ後、肺に空気を思いっきり入れる。喉が奥からひりひりする。

「っ、息できないじゃない！　窒息死させる気⁉」

多分真っ赤になっている私の顔を見る穂高の頬も、少しだけ赤らんでいた。

「呼吸を止めることないだろ。不器用だな、鼻で息しろよ」

「ぶっ、不器用で悪かったわねっ、仕方ないでしょ！　経験不足なんだからっ！」

ああ、冷静な物言いが小憎たらしい。ぺたんとお尻を床につけながら、濡《ぬ》れた唇を右手の甲で拭く。

「香苗は……本当にあれから誰とも？」

声色が変わった。今目の前にいる穂高は、何かを探るような目付きで私を見ている。でもどこか縋《すが》るような色もあって……こういう、くぅんと啼《な》いている犬みたいな瞳をされるの……胸がちくりとして、ちょっと困る。

「……経験ゼロだって言ったじゃない。私にだって、それなりに衝撃的な出来事だったんだから、はいすぐ次、なんて気持ちになれなかったわよ。仕事だって忙しいし、穂高をやり込めるのに必死で、恋愛どころじゃなかったし」

「そう、か」

（ぐっ……！）

穂高の眦《まなじり》が下がり、ゆるりと口角が上がる。さっきまでとは違う、本当に嬉しそうな表情《かお》だ。

嫌みったらしい顔や言葉には、すぐ言い返せるけどっ、こんな……こんな胸が痛くなるような笑顔をされたら、心臓が止まるじゃない！　やっぱり私を殺す気なの、こいつはっ！

私が心臓の動きに気を取られている間に、穂高が爆弾を落とした。

「……俺は香苗を抱きたい。今すぐに」

「は？」

（……何言ってるの？）

ますます色が濃くなった瞳が、私をじっと見ている。穂高の言葉が理解できない。穂高はふっと笑って、私の右頬に唇を当てた。

「責任取ってくれると言っただろ？　慰謝料はいらない、香苗が欲しい」

どん！　と胸に大きな隕石《いんせき》が落ちてきた気がした。息が途切れて、ちゃんと空気が吸えない。

「——っ……マジっ⁉」

「マジ」

（え、ええええええっ⁉）

どストレートな告白が重すぎる。私はわたわたと手を振って、穂高から視線を逸らした。

「ちょ、ちょっと待って」

「待たない」

「頭を整理させて……んぎゃあ⁉」

右耳の下、首の付け根あたりをかぷりと噛まれた。痛っ、と思った瞬間、柔らかな舌で噛んだ肌を舐められる。ぞわぞわぞわと鳥肌がっ……！

「香苗は美味《おい》しそうだ。このままここで始めてもいいぞ？」

「ここっ⁉」

いくら絨毯《じゅうたん》を敷いてるからって、いきなり床プレイ⁉　私は首を思い切り横に振る。

「そっ、それはヤダっ！　……ま、まずシャワー浴びさせてよ！　残業してるし、汗臭いのは」

そこまで口にした途端、穂高がすっと目を細めた。なんというか、私の身体の中まで覗き込まれているような、そんな視線が突き刺さる。

「シャワー中に逃げられた俺が、そんなことを許すと思ってるのか？」

あああ、やっぱり恨みに思ってたーっ！

「に、逃げないわよっ！　逃げたって、私の身元バレてるじゃない。逃げる意味ないって！」

穂高が右手を顎《あご》の下に当て、考え込んでいる。

「香苗の言うことは信用できない。だが、セックスの前にシャワーを浴びたいと思う気持ちもわかる」

「せっ……！」

言葉の暴力をなんとかしてほしい。心臓がどきどきして痛すぎる！

「だから、折衷案《せっちゅうあん》として」

——あ、穂高のこの綺麗な笑みは。

嫌～な予感に襲われた私が身を引く前に、穂高の腕の中に囚われた。

「二人で同時に浴びればいい。それで問題解決だ」

「……どこが!?」

そう叫ぶ声も虚《むな》しく、がばっと穂高の右肩に俵担《たわらかつ》ぎされた私は、「お、落ち着いてよ、穂高ーっ！」と喚《わめ》きながら、広い背中をぽこぽこ叩いたのだった。


……絨毯《じゅうたん》の上で始めるのもアレだけど。

（いきなり、ガラス張りって……！）

白いドアを開けると、奥にタオルや着替えを置く棚があり、左側に広い洗面台と……右側にガラス張りの浴室があった。黒い石の床の上に猫足の白いバスタブ。蛇口はすべて金色。シャワーまで金色だった。

ようやく床に足が付いたと思ったけれど、私の身体はがっちり穂高に固定されていた。左腕を私のウエストに回したまま、器用に湯張りを始める穂高。湯気が立ち昇るにつれて、ガラスが白く曇《くも》っていく。

「ほら、そこで脱げよ」

「ぬげ……っ」

穂高が指差したのは、奥の白い棚だ。確かにバスタオルもフェイスタオルも、バスローブも脱衣かごも揃っているけど！

「あっち向いててよ！」

「わかった」

穂高が脱衣かごを持って、入り口近くに移動する。さっさと服を脱ぎ始めた彼は、あっという間にワイシャツとネクタイを外していた。

（うわ、背中、筋肉が盛り上がってる）

穂高って机仕事ばかりしているイメージだったのに、どう見ても鍛えてる筋肉だ。そりゃ建設現場のお兄さん達に比べたら、重量感がやや薄いけど。

「俺が脱ぐところ見てて楽しい？」

バックルを緩めた穂高にそう笑われて、ふぎゃっと悲鳴を上げてしまった。

「そっ、そんなことないっ！」

くるりと後ろを向いて、慌てて上着に手をかける。後ろから衣擦《きぬず》れの音が聞こえて、どきどきしてしまう。

（ここで脱ぐ勇気が出ない……っ！）

ニットを脱ごうとして裾をめくっては止め、を繰り返している間に「じゃ、お先に」と穂高の声がした。シャワーの音が聞こえ始めた方を恐る恐る見ると、穂高がこちらに背を向けて立ち、シャワーを浴びている姿が目に入った。顎《あご》を上げて、シャワーに顔を向けている。濡《ぬ》れた髪が、首筋に纏《まと》わり付いていた。

（！！！！！）

湯気で白く曇《くも》っているところもあるけど、真っ裸じゃない！

（シャワー浴びてるんだから、当たり前だけど！）

引き締まった腰回りに長い脚。太腿《ふともも》のあたり、自分とは肉の付き方が違う。均整の取れた身体付きに思わず唾を呑んでしまった。

（あああぁ、もう！）

覚悟を決めて、ぱぱぱっと手早く脱いだ。バスタオルをきつく身体に巻き付け、ガラス戸を開けて、湯気でもわっとする浴室に足を踏み入れた。ちょうど穂高は、泡の付いたタオルでごしごしと身体を擦《こす》りながら、シャワーを浴びているところだった。ちょっと、泡が流れたら、あらぬところが見えるじゃない！

（～～っ、見えない見えない！）

後ろを向いて、洗面器でバスタブからお湯をすくい、勢い良く頭から被《かぶ》る。タイルの床にしゃがみ、手探りでシャンプーボトルを探していると、いきなり両肩に大きな手が載せられた。

「んきゃっ!?」

穂高の手の圧力に、ぺたんとお尻を付いてしまう。

「いいから、座れ」

「何を……んぷあっ」

シャワーを頭からかけられ、両手で顔を擦《こす》った。ぷしゅぷしゅと音がしたかと思うと、長い指が私の頭皮を揉み始めた。

「ほ、だかっ⁉」

「……お前残業した後、いい加減にしか洗ってないだろ。髪先がパサパサになってるぞ」

「うっ……」

え、穂高マッサージ上手《うま》い……凝り固まっていたところを撫でるように刺激したかと思うと、ツボには親指がぐっと入ってくる。もの凄く……気持ち良い。髪を洗う手付きも、「え、美容院の人？」って思うぐらい丁寧だ。私、疲れてる時って、ぱぱぱっと洗っちゃうからなあ。こんなに丁寧に自分で洗ったことない、かも。

再びシャワーで泡を流された後、トリートメント？　ヘアパック？　らしきものが髪に塗り込まれる。僅《わず》かに香るのは、ラベンダーの匂い。人工的なものじゃなく、ハーブとかの自然な香りで癒《いや》される。

シャワーで洗い流された髪を右手で触ってみた。え、なんか指通りが凄く滑《なめ》らかなんだけど⁉

「さすが高級ホテル……シャンプーも良いのを使ってるんだ……っ、いたっ！」

頭のてっぺんをいきなりぐりぐりと押されて悲鳴を上げると、「市販のシャンプーでも丁寧に洗えばさらさら髪になるんだ。ちゃんと手入れしろ」と声が落ちてきた。

「ううう……って、何してるのっ⁉」

頭を両手で押さえた瞬間、濡《ぬ》れて重くなったタオルが身体から取り払われた。髪を梳《す》いていた手が、肩に移動する。

「んぎゃっ！」

肩甲骨の凝り固まった部分をぐりぐり押されてる！　痛い！

「お前、仕事熱心なのはいいが、一時間に一回は腕を上げてストレッチしろよ。身体カチコチじゃないか」

「うぐっ、そこ、きくっ……ひゃあっ⁉」

さっきまで肩を揉んでいた右手が、するりと右胸に回っていた。下から上へと持ち上げるように、泡を塗っていく手の動きがいやらしい。

「……あの時と同じ、柔らかいな」

「ちょっ、触らな、あんっ！」

きゅっと先端を抓《つま》まれた私は思わず身震いした。いつの間にか、左手も左胸をやわやわと揉み始めている。

(せっ、背中に穂高の、が当たって……！)

背中に穂高の引き締まった胸やお腹が当たるついで（？）に、硬くそそり立ったモノまで擦《こす》り付けられてない⁉

「あうっ」

ボディソープの泡で隠れた乳房を、不埒《ふらち》な指が抓《つま》んだり引っ張ったり揉んだりを繰り返している。

ぬるぬる滑る手の感触がくすぐったくて、身体の奥がむずむずと変な感じがした。

「きゃっ！」

泡の付いた右手が、胸からお腹、そして太腿《ふともも》の間へと伸びてくる。慌てて前へ逃げようとしたら、両手で腰を掴まれて、そのままぐいと持ち上げられた。

「やっ……！」

つるんと床についた手が滑る。泡の付いた上半身が床にぺたりと貼り付き、お尻が高く持ち上げられた体勢になってる⁉

「この姿勢だと挿入《い》れにくいな」

「！」

シャワーの粒がお尻に当たる。お尻の穴回りの敏感なところにも当たって、思わずきゅっと太腿《ふともも》を閉めたら、逆に大きな手で開かれた。

「なにする、のよっ……！」

いきなり生温かい、ぬめりとした感触が太腿《ふともも》を襲った。それはそのまま、上がってきて……お尻回りを舐め始めてるっ⁉

「やだあっ！　そんな、とこ、汚いっ……！　ひゃあああんっ」

お尻から太腿《ふともも》の間へと長い舌が差し込まれた。後ろから前へと舌が動く。びくびくと太腿《ふともも》が震え、わけのわからない熱が身体の内に溜まっていく。

「綺麗なピンク色だ。あの夜もそうだった」

「きゃっ……！」

くるんと身体がひっくり返されたはずみで、湯気で曇《くも》る天井が目に入ってきた。穂高の顔が、太《ふと》腿《もも》の間に埋められ、て……

「あああっ！」

柔らかな肉を思い切りじゅるりと舐められた私は、腰を浮かせて仰け反った。でも、ウエストをがっつり掴んでいる大きな手が離れない。

「やっ……、そ、そこっ……！」

前のコトを覚えていない私にとっては、これが初めての体験だ。誰にも見せたことのない場所を舐められ擦《こす》られ吸われ……どんどん息が荒くなっていくことしか、わからない。

気持ちイイとかそんな生ぬるい感覚じゃない。根こそぎどこかへ持っていかれるような、自分が自分でなくなるような、激しくて怖くて熱くて。

必死に右手を伸ばし、穂高の髪を掴む。濡《ぬ》れて色濃くなった髪を指に巻き付け引っ張っても、穂高の動きは止まらない。

「ほだ、あっ……！」

柔らかで敏感な襞《ひだ》が、指で、舌で掻《か》き分けられる。刺激が強すぎて、太腿《ふともも》の震えが止まらない。肉厚な舌が、襞《ひだ》の真ん中に押し付けられる。舌の先が、ちょろちょろと襞《ひだ》の隙間を撫でていき、やがて上の方にたどり着いた。

「ああ、ぷっくり膨れてる。美味《おい》そうだ」

ちゅくり……

「ひあっ、あああっ⁉」

どん！　と下腹部に衝撃が走った。穂高の唇で、一番敏感な突起を挟まれている。

「あ、ああ、あ」

びくびくと身体が震える。穂高がソレに吸い付いた瞬間、目の前でパチンと火花が散った。そのまま花芽を食べるように唇が動き、それに合わせて身体の奥がうねり始める。熱くなる肌に汗が滲《にじ》み、息も乱れて短くなる。

「はっはっ、はあっ……」

ぴちゃといやらしい水音が聞こえた。熱い何かが、身体のナカから外に漏れて……それを舐められてる⁉

「香苗の味がする。覚えていた通りの味だ」

くぐもって聞こえる穂高の声の振動が、敏感になった花芽に伝わる。全てしゃぶり尽くすとばかりに動く唇と舌に、また声にならない呻《うめ》き声を上げた。

「くぅ、んっ……！」

衝撃に耐えようと、歯を食いしばる。霞《かす》む目に、太腿《ふともも》の間で動く穂高の髪が見える。それを掴んでいる、私の指も。

身体を槍《やり》で貫かれたような鋭い刺激が次々襲ってくる。心地良いというには激しすぎる。大きく腰をくねらせて逃げようとしても、逃げられない。

「や、あっ……！」

舌の先が、濡《ぬ》れて緩んだ襞《ひだ》の間に潜《もぐ》り込んできた。ちろちろと出たり入ったりする舌が、入り口の周囲を舐め始める。水音が、また大きくなった。

「あ……っ……あ、あ、んっ、はっ……はあんっ⁉」

舌よりも硬い何かが、つぷりと襞《ひだ》の合間に埋められた。きゅんとナカが締まる感覚がして、私は再び身震いした。

「あ、んっ、んんっ……！」

ゆっくり、ゆっくりと、中から外へ、擦《こす》り付けるようにソレは動く。

「ああ、俺の指を旨《うま》そうにしゃぶってる。わかるか？　もっとナカに欲しいと、お前のココが強請《ね》だ《だ》ってるのが」

「そ、そんな、のっ……あうっ！」

また、つぷんと音がして、ナカに感じる感覚が太くなった。くいと先端を折り曲げた指先が、濡《ぬ》れた肉壁を擦《こす》り上げる。指の間が開き、違う箇所を擦《こす》っていく。さっきよりも太く……さっきよりも痺《しび》れて……さっきよりも。

「ひあっ！」

指先がある箇所を擦《こす》った途端、びくんと身体全体が揺れた。ソコを執拗《しつよう》に攻める指。その指を締め付ける私のナカ。穂高の指に触ってほしいと、熱くうねる襞《ひだ》はもう私のことなどお構いなしに、穂高から与えられた快感に酔っていた。

「ああああうっ！」

ずるりと指を引き出された時、肉襞《ひだ》まで引き出されるのかと思った。顔を上げた穂高は、私の目を見据えながら、自分の唇を舐めた。あの舌がさっき私を舐めていたんだ、そう考えるだけで身体の奥がずくんと波打った気がする。

「ほら」

穂高が右の人差し指と中指を立ててみせた。透明な液が、手のひらの方にねっとりと流れていくのがわかる。

「香苗の蜜だ。瑞々《みずみず》しくて、甘くて、俺を誘う味がする」

「やだっ……！」

恥ずかしくて両手で顔を覆うと、シャワーの音が聞こえなくなった。

「そろそろベッドに行こうか」

力の抜けた身体を穂高が持ち上げる。ガラス戸を開けたところで一度下ろされ、白いバスタオルでざっと身体を拭かれた。恥ずかしくて、穂高の顔も——身体もまともに見られない。また抱き上げられた時も、顔を両手で隠した状態……だったけど。

身体が揺れる度《たび》に、穂高の、硬く盛り上がった部分が身体に当たる。

やがて、スプリングの利いたベッドの上に寝かされた時も、ずくずくと身体の奥は疼《うず》いたまま。

「香苗」

恐る恐る手を顔から外すと、熱が籠《こも》った眼差しで私を見つめる穂高がいた。目が合っただけで、淫《みだ》らな期待に肌が震える。

穂高が顔を私の首筋に埋め、肌にちゅうと吸い付いた。じゅると音を立てて吸われる肌が穂高の唾液で濡《ぬ》れていく。そして彼の右手が、私の左胸をむずと掴んだ。

「んあっ！」

とっくに尖《とが》っていた左胸の先端を抓《つま》まれ、思わず身体をしならせると、穂高の唇が肌を吸いながら徐々に降りてくる。右乳房の根元を舐めた舌が、ゆっくりと肌を上《のぼ》ってくる。

「っ、あああぁっ！」

右胸の先端を口に含まれた時、ぴりっと鋭い刺激が走った。乳輪をなぞるように動く舌が、硬く尖《とが》った乳首に巻き付く。

「ああ、あんっ！」

ちゅうと音を立てて乳首を吸われた。ちくちくする快感に肌が粟立《あわだ》つ。左の乳首も人差し指と親指で転がされ、抓《つま》まれている間に、右胸の膨らみを裾から先端へと、持ち上げるように手のひらで擦《こす》られる。

「んんんっ……あっ」

敏感な乳首を少し舐められただけで、下腹の方にまで快感が走る。ずくんずくんと身体の奥も震えている。胸の柔らかい肌に、赤い花が散っていく。

「……香苗」

欲望に掠《かす》れた声が聞こえた。涙で潤む瞳を穂高に向けると、彼は私の胸から手を離し、上半身を起こしていた。

「えっ……」

汗に濡《ぬ》れて額に貼り付いた髪、逞《たくま》しい肩、張りのある胸の筋肉、割れた腹筋……と視線を動かした先にあるソレに、私の目は釘付けになる。

男性自身をこんなにじっくり見るのは初めてだ。お腹につきそうなぐらいに反り返ったソレは、開いた先端はピンク色がかっていたけれど、付け根の方は赤黒い。膨張しているのか、裏筋がピンと張っていた。汗に入り混じって雄の匂いがする。

「これに……触ってほしい」

「！」

私の目の前でびくっと跳ねた、ソレを!?

「香苗に触ってほしくて、こんなに膨れ上がってるんだ」

「う」

「……だめか？」

ああ私、そういう縋《すが》る目に弱いんだ。躊躇《ためら》いながら、右手を塊《かたまり》に伸ばす。ちょんと指先が筋に触れると、「くっ」と穂高が身悶《みもだ》えした。

（え、ちょこっと触っただけなのに？　大丈夫？）

「根元を握って」

「え。は、はい」

掠《かす》れた声に従い、赤黒い部分を掴む。またびくっと震えたかと思うと、更に硬く太くなった……!?

「人差し指と親指で輪を作って、それを上下にゆっくり擦《こす》るように動かして」

「こ、こう?」

膨れた肌の感触は滑《なめ》らかで熱い。それにしっとりしている感じがする。上に向かって皺《しわ》を寄せ、下に向かって皺《しわ》を伸ばす。そうやって何度か往復していると、ピンク色の開いた笠の先端に、透明な雫《しずく》が溜まってきた。

はっ、はっ、は、と穂高が息を乱す。伏し目がちの瞳は潤み、頬は赤く上気していた。それに匂いが……なんとも言えない、濃密で淫《みだ》らで落ち着かなくなる匂いが濃くなった。

その匂いに釣られるように、私の奥の方で何かが蠢《うごめ》く。いつの間にか、穂高と同じように私の息も乱れていた。

「……香苗は上手だな。このまま手の中に吐き出してしまいそうだ」

穂高は私の髪にキスをしてベッドに座り、ベッドサイドに置いてあった小袋を手に取った。ぴっと口で袋を破った彼は薄い膜を取り出し、それを自身へ器用に被《かぶ》せ始める。その仕草までもがエロティックで、私は目が離せなかった。

「香苗」

全て準備し終わった穂高が、ゆっくりと唇を合わせてくる。

「優、って呼んでくれ」

「ほだ、え、ゆ、ぅ……んっ!」

薄皮を被《かぶ》った熱い塊《かたまり》が、太腿《ふともも》の間を擦《こす》り上げる。身体の振動に合わせて揺れる胸は、大きな手のひらに包まれていた。

硬く尖《とが》った乳首が、人差し指で弾かれたかと思うと、今度は親指と人差し指で扱《しご》かれる。敏感になりすぎて、快感と痛みが同時に襲ってきた。

「やっ……あ、ああっ」

濡《ぬ》れた肉の間を前後に擦《こす》られる。少しだけ先端が襞《ひだ》の間に埋まると、ソレを受け入れようと入り口が柔らかくぬるんでいるのを感じた。

胸を弄《もてあそ》んでいた左手が、私の右脚を立てて大きく開かせる。開いた襞《ひだ》にぐっと塊《かたまり》が押し当てられた。

「挿《い》入れるぞ」

「あああああっ!?」

ずくと濡《ぬ》れた重い音がした。さっきの指よりも、もっと太くて熱いモノが襞《ひだ》を擦《こす》りながら挿《は》入《い》ってくる。

「あ、あっ、あ」

身体のナカが圧迫されている。開きっぱなしの口からは、言葉にならない吐息しか出ない。

「う、あ、あっ」

濡《ぬ》れて柔らかくなっていたとはいえ、こじ開けられる感覚は痛みも伴う。開いた先端が最奥に達した時、ぴくっと腰が反った。

「ああ……香苗のナカだ……温かい……」

潤んだ目を上げると、私の上で四《よ》つん這《ば》いになっている穂高がいた。陶然《とうぜん》とした瞳に上気した頬、薄く開いた唇から漏れる熱い息。そのどれもが艶《つや》っぽくて、どくんと心臓が鳴る。

「ふ、うん……っ……」

ナカに入った欲望が、また大きくなった気がする。自分のナカが熱で一杯で、熱くて堪《たま》らなくて、でもどうしたらいいか、わからなくて。

「あうっ！」

穂高がゆっくりと動き出した。前後にスライドする動きに合わせて、濡《ぬ》れた内壁がぎゅっと締まる。

「あ……あんっ、あ、はぅ……」

あの夜の記憶が全くない私にとって、初めて味わう感覚。それを理解しているのか、穂高の動きは緩やかで、焦《じ》れったいぐらいに優しい。

「んくっ、あ、んんっ」

ぐりとソレが最奥に押し付けられた刺激に、思わず穂高の二の腕に爪を立ててしまう。

（あの夜も、こうだったの……？）

穂高としか経験のない私にはわからない。ただ、こうしてゆるゆると揺さぶられているだけで、頭の芯が焼き切れてしまいそうなぐらい、気持ちがイイ。

「あっ、はっ、はあっ」

「つく、う……っ」

穂高が眉を顰《ひそ》め、苦しそうに呻《うめ》き声を上げる。盛り上がった肩から胸の筋肉は、汗ですっかり濡《ぬ》れていた。

ぬるぬると、ずるずると、泥濘《ぬかるみ》を、熱い塊《かたまり》が擦《こす》っていく。

「ああ、あ」

穂高の優しい動きが、ふいに残酷に感じた。もっと欲しいのに。もっと強く。もっと激しく。甘やかでなだめるような快感では、満たされないぐらいに——飢えている。

「ぁ、やあっ、も……と……んんっ」

首をいやいやと左右に振る。穂高が動きを止め、じっと私を見下ろした。

「……香苗?」

「ほだ、かっ……!」

その時の私は、どんな顔をしていたんだろう。ただただ、満たされたくて、私は両手を穂高の首に回していた。

「や、なの……もっと……」

私の声じゃない、もっと甘えて濡《ぬ》れた声が言う。

——もっと、シテ?

そう口にした途端——穂高の瞳がぎらりと光った。

「っ!　あああああっ!?」

さっきまでのゆっくりな動きとは違う。最奥を激しく突かれた衝撃が、ナカから肌まで伝わってくる。

「あっあっあっあっ」

ベッドのスプリングがギシギシ音を立てる。開いたままの唇の端から唾液が漏れても、拭《ぬぐ》う余裕もない。

みちみちと肉の間が開かれる感覚。ずぶずぶ泥濘《ぬかるみ》に差し込まれる、硬く熱く膨れ上がったソレは、容赦なく私の一番奥を攻め続ける。

「あっぅ……ああ、あ」

キィンと金属音が耳元で鳴る。揺さぶられて擦《こす》られて突かれて、どんどん熱い何かが溜まっていって――どんどん息が、鼓動が、速くなって。

「ひぅ、……あああああっ！」

ぐっと更に奥へと押し込まれた瞬間、どんという衝撃と共に、一気に目の前が白くなった。襞《ひだ》がぎゅうと締まり、一層膨れ上がった欲望から放たれた熱いモノを、膜越しにでも呑み込もうと蠢《うごめ》き出す。

「はっはっ、はぅ……あ」

「く……」

どくどくと脈打つソレが、次第に圧迫感をなくしていくにつれ、熱がナカに広がっていく。

「香苗……っ」

「ほ、ん、んんあぅ、ん」

　はあはあと切らせていた息が、穂高の口の中に消えた。舌を緩やかに絡め合い、互いに唇を吸った後、穂高がゆっくり顔を上げた。唾液の銀の糸が、唇の間に垂れる。

「あ……」

　下唇を舐めている穂高から、汗の匂いがした。私も唇を舐めると、ぷくりと膨れ上がったそれは、舌の感触さえ痛く感じた。

「香苗……」

　穂高が私の左耳元で囁《ささや》く。

　——気持ち、良かったか？

「！　そ、んな、の」

　掠《かす》れた声。汗ばんだ身体。繋がった部分から溢《あふ》れている蜜。それを満足げに見回しているのに、まだ聞くの!?　しかもまだ、身体繋がった状態なのに!?

「あの夜は痛かったから逃げたのか？」

「え？」

「だから今回は濡らしに濡らしてから身体を貫こうと」

「ななな、なに言ってるのよっ！」

　身体が火照《ほて》ったままなのに、更に顔まで熱くなる。

「そんなこと、覚えてないのにわかるわけないいじゃない！」

そう叫んだ私の目の前で、獣がにんまりと笑った。

「なら、今回は忘れないよな？　忘れたりしないように、しっかり俺のカタチを覚え込ませてやるから」

「え……っ、えええええっ⁉」

またナカの重量感が増してきた。え、どうして？　さっき出したんじゃなかったの⁉

「香苗の身体が気持ち良すぎて、かなり出してしまった。ゴムを替えないと溢《あふ》れるな」

(だからなんで⁉)

「あうっ！」

ずるっと襞《ひだ》が擦《こす》られ、小さく悲鳴を上げた。また膨れ出したソレの先端に、白いモノが溜まっているのが見える。

「早く何も付けないまま香苗のナカを味わいたいが……コンペがあるからな」

「え」

あっけに取られた私の前で、手早く事後処理を済ませた穂高は……再び臨戦態勢になっていた。

「今日は何回イケるか、試してみるか？」

「はあっ⁉」

え、一回イッたんだから、もういいでしょ⁉

にこっと爽《さわ》やかな御曹司スマイルを見せた穂高が、また私の上に圧《の》しかかってきた。

「もう二度とこの夜を忘れないように」

「わわ、忘れるわけ……むんんんんっ！」

思い切り舌を吸われた私が、酸欠で気が遠くなった間に……身体がくるりと反転させられる。

「ふ、うん、ぁあああああっ！」

……二回目はお尻を高く持ち上げられた格好で、また大きくなった穂高自身に貫かれたのだった。

4　拗《こじ》らせ御曹司の怨念《おんねん》がコワイ

……目が覚めると、すぐ目の前に、イケメンが眠っていた。そんなことが、私の人生で起こるなんて、あの時まで思っていなかった——


なんだか、鼻の頭がくすぐったい。私はぼんやりと目を開けた。

「……ふへ？」

手のひらの下にある、温かく滑《なめ》らかな感触。ぼーっとしたまま手で撫でてみる。気持ち良い感触……を味わっていると、いきなり右の耳たぶをかぷりと食べられた。

「このまま襲おうか？　香苗」

「へ……ひやっ⁉」

身体に回された逞《たくま》しい左腕。自分とは違う、汗の匂い。

（ほっ、穂高の胸、撫でてたーっ！）

張りのある筋肉がちょうど触り心地が良くて、ついっ！

びくっと身体を揺らした私は、慌てて彼の素肌から手を離そうとしたけれど――なんで抱き締められてるのっ⁉

「ちょ、ちょっとっ……！」

穂高も私も、何も着てない。真っ裸だ。ってことは……この、下腹部に当たってる、これって……！

「朝から、何ヤる気になってるのよーっ！」

両手で胸を押しても、びくともしない。くっ、こいつ結構鍛えてやがる……っ！

「自然現象な上に、香苗が太腿《ふともも》を絡めてきたから、こうなったんだぞ」

「！」

かあぁっと顔が熱くなる。自分の寝相の悪さはよく知っている。上掛け布団を跳ね除《の》け、枕を抱えてゴロゴロ転がって、ベッドの端から端まで移動したりしているからだ。あぁあ、右脚が穂高の左脚に絡まってたーっ！

「ひゃっ⁉」

太腿《ふともも》の間に硬くそそり立ったナニかが侵入してきた。それだけで、昨夜ソレが挿入《はい》ってきた衝撃を、身体が思い出す。熱がじわじわと襞《ひだ》の間から滲《にじ》み出てきた。襞《ひだ》の間をゆっくりと前後に動く肉塊の擦《こす》れ具合が、すぐにぬらぬらと濡《ぬ》れた感触に変わる。

穂高の息が熱くなった。私の息も、少しずつ速く浅くなる。寝起きの乱れた髪の下、穂高の瞳が不埒《ふらち》な色に染まった。

「今からもう一度ヤるか」

「ヤっ……！」

何を朝っぱらからほざいてるのよ、この男はーっ！

「ストップ、ストップ！　待て！　ステイ！」

ぱしぱしと両手で胸板を叩き、キスしようと近付いてきた顎《あご》を両手で上に押し返す。

「今日は朝一、課長に素案を報告するって言ってたじゃない！　いっ、今からや、や、やったら、遅刻するわよっ！」

（大体、昨夜何回ヤッたと思ってるのよっ！　私を殺す気!?）

ジト目になった穂高の手からなんとか逃れた私は、大慌てでベッドから下り、昨日床に投げ捨てられていたタオルを身体に巻き付けた。少し湿っていて冷たい。

「……入り口近くにクローゼットがあっただろ。そこに着替え置いてあるから」

立ち上がって振り向くと、穂高が片肘をついて、こちらを向いていた。

（ナニその、エロい格好はっ……!?）

色っぽい流し目だとか、肩や二の腕が結構筋肉質だとか、お腹が割れてるとか、僅《わず》かに上掛けで隠れてるけど少し動いたら見えそうな塊《かたまり》とかっ……！　だめだ、直視できない。

「わ、かった」

一歩足を踏み出した途端、ずくと鈍い痛みが下腹部を襲う。ううう、よたよた歩きになりそう……

重い身体を引き摺《ず》りながらドアを開け、クローゼットの前までたどり着く。白い引き戸を開けた瞬間、私の目は真ん丸になった。

「……ナニコレ……」

ハンガーにかかっているのは、白のブラウスと濃いブラウンのパンツ。同じくブラウンのジャケットもある。下の方にある四角いかごの中には、下着一式。ストッキングまで入っている。

「え、これ、ホテルの常備品……？」

なわけないよね。バスローブならともかく。ということは、穂高があらかじめ用意してたってこと……？

「ここに来たのって……計画的犯行……？」

頭がずきずきする。とりあえず時間がない。ありがたく着替えを借りることにした私は、そのままシャワールームへ直行した。さすがに汗べとべとの状態は嫌だ。

「うっ……！」

洗面台の大きな鏡に映る自分の姿を見て、思わず絶句した。ナニコレ、あちこちキスマークだらけじゃないっ……！

（ちょっと、こんな首元に大きく吸った痕《あと》だなんて、バレたらどうするのよっ！）

心の中で文句を言いつつ、身体をしゃしゃっと洗った私は、手早く着替えた。どうしてブラがフィットサイズなのかは、知らない方が良い気がする。

「あ」

ハイネックの長袖ブラウスが、綺麗に赤い花を隠してくれた。パンツの長さも小柄な私にぴったりだ。絶対にこの服は、私のためのもの。

「……用意周到ってこういう時に使うんだよね……？」

穂高とこーゆー関係になって良かったんだろうか。今からコンペに向けて、二人で協力しないといけないのに？　いや仕事って意味では協力し合えると思う。でも、なんというか、穂高の思い通りにコトが進んでない？　昨夜から追い込まれている感じがするんだけど、穂高って……こんな性格だったっけ？　爽《さわ》やか御曹司はどこ行ったの？

『穂高に優しくしてやれよ？　こいつ拗《こじ》らせてるから』

山田くんのセリフが耳に甦《よみがえ》る。私が拗《こじ》らせさせた結果が、昨日の……？

「や、やめよう、考えるの。全てはコンペの後よ」

うん、今はコンペ一直線しかない。私は両手で頬をパンと叩いた後、鏡に向かって「エイエイオー！」と拳を天高くつき上げたのだった。

私が洗面所から出るのと交代で、穂高が中に入る。始まったシャワーの音を背に部屋に戻ると、いつの間にやらソファセットのローテーブルの上にロールパンやらスクランブルエッグやら綺麗に切ったメロンやら、オレンジジュースやらコーヒーやらが載せられていた。美味《おい》しそうな朝食を見ているうちに、お腹が滅茶苦茶空《す》いていることに気が付いた。

『先に食べておいてくれ。運動したから空腹だろう』

……一緒に置かれたメモを見ながら、思わず誰のせいだよと呟いた。

「じゃ、遠慮なしに……お先にいただきます！」

手を合わせて、ロールパンに手を伸ばす。うわー表面さっくり、中ふわふわ！　バターの風味が強めで美味《おい》しいわー。

（さすが、ホテルの朝食）

オレンジジュースも搾《しぼ》りたてなのか、つぶつぶが残っていて甘みが強い。美味《おい》しい。

ぱくぱく食べていると、穂高がタオルで頭を拭きつつ近付いてきた。白いワイシャツのボタンを二つ開け、ダークグレーのスラックスを穿《は》いている穂高は、そんな格好をしていてもセレブオーラが健在だった。

「あ、お先に。もの凄く美味《おい》しいわ、これ」

「そうだろ？　このホテルの朝食バイキングは有名で、それ目当てに宿泊する客もいるんだ」

「へー」

穂高も私の向かいに座り、いただきますと言った後、コーヒーを飲み始めた。ロールパンをかじりつつ、目の前で白いコーヒーカップを持つ穂高を見つめる。

（……現実味がない……）

長い脚を組み、ゆったりとソファに座る彼は、普段は意識してないけど、本当に御曹司なんだ、と思わせる品の良さを醸《かも》し出していた。違う、根っからの庶民の私とは違いすぎる。

この穂高と……あんなこと……

「○★□×◆◎──っ！！！！」

ぶわっと脳内に再生された、穂高と私の息遣い。はっはっと短い息を吐きながら、腰を動かす彼。そんな彼に揺さぶられ、自分じゃないみたいな声を出していた私。触れた肌の熱さや、汗の匂いまで思い出してきて……

(忘れろ忘れろ、煩悩退散ーっ！)

熱くなった身体を冷やすために、オレンジジュースを呷《あお》る。喉がひりっとして、げほげほ咳き込む私に、穂高がとても爽《さわ》やかな笑顔で告げた。

「そんなに思い出すぐらい、昨夜は良かったか？　何度もイッて、悲鳴を上げて、俺の腕に爪を立ててたよな」

「んぎゃああああっ！」

わざわざワイシャツをめくって、赤い爪痕《あと》見せなくていいから！　御曹司スマイルと言っている内容が一致しない！　やっぱり腹黒だ、こいつはっ！

「穂高……」

「優って呼べと言っただろ」

穂高の目力が増した。私を包囲する圧力が凄い……！

「……ゆ、ゆ、う……っ、あああ、むず痒《かゆ》くてダメーっ！」

手で顔を覆って、ソファに突っ伏した私。心臓がばくばく言っている。

(だってだって！　入社してからずっとライバルだったのに、今は恋人だなんて！　展開が早すぎて、付いていけない！)

穂高は私のコト、す、す、好きだって言ってるけど、まだピンとこない。だって私、好きになれるようなこと、した覚えないし、いつも口喧嘩《けんか》ばっかりだったし。

「あのなあ、香苗。お前のことだから、俺が香苗を好きだと言ったのも、まだ信じられないんだろ？」

ぎくっと身体が強張る。どうして穂高は、私の心を読めるんだろう。もしかして、エスパー⁉

「またしようもないことを考えてるんだろうが、いい加減諦めろ」

「へ？」

顔を上げ、上半身を穂高の方に向けると、例のごとく、キラキラ輝く綺麗な笑みを見せられた。

「……俺は二度とお前を逃さない。それだけは、覚えておくんだな」

(ひえっ⁉)

ああ、穂高の目がマジだ。口元は三日月の形を描いているのに、目が全く笑ってない。胃のあたりに重い石が詰まったような、重苦しい感覚が身体を襲う。

「まだ信じられないなら、課長に今日は休むと連絡して、このままベッドに――」

「ししし、信じる、信じるわよっ！　今日は出社しないとっ！」

「そうか？　残念だな」

全身筋肉痛みたいな状態で、特に下腹部が重だるいのに、またベッドって！　どんだけ体力あるのよ、あんたはあああ！

（そういや、一回で済まなかったんだっけ……）

思わず遠い目になった私は、ふっと溜息をつく。優雅に食事を続ける穂高を見ながら、食後のコーヒーにミルクを入れ、カフェインを摂取した私だった。

＊＊＊

――なんかもう、それからの二週間は……体力の限界に挑んでいる気が、した。

「この週末、大変だったなあ……」

青い空を見上げながら、そうぽつりと私が零《こぼ》すと、左隣に座る冬子が「ドンマイ」と言った後、素知らぬ顔でハムサンドを食べた。黒のライダースジャケットにパンツ姿の冬子は、最近ますますカッコよさに磨きがかかっている気がする。

「冬子、冷たすぎない!?　私今、人生最大の危機を迎えてるんだけど!?」

いつもの場所でいつものランチタイム。最近は穂高と食べることが多くて、ようやく久々に冬子と……と思ったら、冬子の態度が冷たい。

私の言葉に、冬子の目が生ぬるーくなった。

「いやねえ……それ、ただの惚気《のろけ》でしょ。穂高が私を好きすぎて困るっていう」

「ちーがーうーっ！」

だって、切実なんだよ⁉　月曜日は特に命の危険を感じる時すらあるんだから！

（いくら平日はやめてくれって言ったからって！）


……あの激しすぎた夜の後。私は穂高に頼み込んだ。今はコンペに専念したい、だから、その、あんなにがっつりなのは勘弁してほしい、と。

にこにこ笑いながら私の言葉を聞いていた穂高のこめかみに、青筋が立っていたのは気のせいだろう。

『香苗がコンペにかける思いは尊重する。平日は大目に見る』

……だから。

『週末と祝日はいいよな？』

……って、言いくるめられた。年齢＝彼氏なし歴の私は、何故かヤツに太刀《たち》打《う》ちできない。

（体力的にも敵《かな》わないし……って、何考えてるの、私⁉）

ねっとりと甘くて長い夜を思い出しただけで、身体が反応してしまう。肌は震えるし、動悸《どうき》はするし、体温は上がるし……恥ずかしいけど濡《ぬ》れてしまったりも、する。

毎回毎回、どろどろに溶かされて、声がかれるまで啼《な》き声を上げさせられて、全身筋肉痛になるまで揺さぶられて。男性経験が穂高しかない私には、今のこの関係が標準的なのかどうかすら、わからない。

ただわかったことは——穂高がとんでもなく腹黒で粘着質なヤツだった、ってことだ。

穂高と過ごした夜の次の日って、絶対ハイネックに長袖、スカートなら黒ストッキング、そうでなければパンツと、肌を見せる格好ができない。今日もからし色のタートルネックニットにだぶっとした黒のパンツの組み合わせだ。だって、穂高が……

『香苗にマーキングしたい。香苗は俺のだと皆に知らしめたい』

『人に見える場所は絶対にやだ！』

って、何度やり合ったか。

（よくわからないけど、恋人として付き合うって、こんな感じが普通なの？）

ナンカチガウ。そう思うのは、間違っているのだろうか。

ぶつぶつ文句を言いつつ卵サンドを齧《かじ》った私を見ながら、冬子がぺろりと唇を舐めた。

「実際のところ、香苗はどう思ってるのよ、穂高のコト」

「……それなんだよね……」

長くて重い溜息が口から漏れる。穂高のことはずっと倒すべき宿敵《ライバル》だと認識していた。だから、彼の仕事には注目してたし、張り合うように同じコンペに参加したりもしていた。結果は惨敗《ざんぱい》だったけど。

「……まだライバルの方が楽だったかなあ……」

穂高と曲がりなりにも恋人関係になって、今まで見たことない穂高の表情や熱、劣情を知って。

ヤツに振り回されてばっかりで、もう私のメンタルはずたぼろになっている。

「これって恋愛なのかどうか、全然わからない……」

穂高と一緒に仕事をするのは刺激的で楽しい。かつ、身体の相性も（私には比較対象がないけど）良いんじゃないか、と思う。

ただ、いきなりライバル↓恋人（しかも重量級）とジョブチェンジした穂高に対して、心がついていかないのだ。本当にこれで良いのか、と。

「なんかさー、囲い込まれて逃げ場がなくなった獲物みたいな感じがひしひしと」

「あ、それはわかってたのね」

えらいえらいと私の頭を撫でる冬子。私の扱い、酷《ひど》くない!?　ぷくっと膨れると、冬子が私をなだめるような表情になった。

「香苗は色々考えすぎだと思うわよ？　自分でもややこしいこと考えるの苦手だって言ってたじゃない。多分香苗がそういう方面で考え込むと、更にややこしいことになるから、やめた方がいいと思うな。今のところ穂高も落ち着いてるようだしね」

「う……ん」

「とにかく、コンペが終わってから考えたら？　穂高と恋人になったって、誰に迷惑かけてるわけでもないし、穂高のこと顔も見たくないほど嫌ってるわけでもないんでしょ。なら現状維持でいいじゃない。むしろ香苗が穂高と距離を置いた方がメンドクサイことになると思うわ」

「そうだよね……今はコンペに集中でいいよね」

穂高との関係について悩むのに疲れていた私は、冬子が言った『現状維持』にすっかり魅了されてしまった。そうだよね、後で考えればいいわよね、と。

そう安易に考えてしまったことで、穂高が私の周りに包囲網を張り巡らせていたことに――本当に全く、気が付かなかったのだった。

＊＊＊

（う、椅子に座ってると、腰が重だるい）

私は諸悪の根源を軽く睨《にら》んだ。当の本人は私の斜め向かいに座り、あの執着が嘘のように涼しい顔して、ノートパソコンに向かっている。黒のスーツ姿は貴公子さながらで、あんな何度も激しく執拗《しつよう》に迫ってくる人物には見えない。本当にイメージ違いすぎない⁉

昨夜だって、べったりキスマークを全身に付けられて、汚いって止めたのに足の指の間まで舐めて、私がもうだめって言うまで太腿《ふともも》の間に顔を埋めて――

（あああ、思い出したらだめーっ！）

私は穂高を前にすると体温が上昇して暑苦しい感じなのに、穂高は高原の風みたいに爽《さわ》やかなままだなんて。

（穂高って、見た目通りの好青年じゃないとは思ってたけど、ここまで落差があるとは）

はあああ、と溜息をつくと、穂高がすっと顔を上げた。

「——香苗。大枠のデザイン案はできたか？」

穂高の顔付きは、仕事モードだ。私もすぐ仕事モードに切り替え、視線をモニターに移して返事をする。

「ごめん、あと二時間詰めさせて。外観が決まりきらなくて」

……多分穂高は、自分の得意とする曲線を生かしたデザインにするはず。似たような建物じゃ面白くないし、あの場所だと……

あちこちから入手した、あの駅の周りの土地の情報。今どんな世代が住んでいるのか、平均的な家族構成、あの場所で買い物をするなら、食料品なのか衣料品なのか。自転車で来るのか自動車なのか、はたまた電車なのか。周囲の建物との調和も気になる。

色んな要素を紙につらつらと書きなぐる。

（うーん……）

——穂高は特徴的な外観のデザインが得意だし、三森は実用的な内観が得意だ。それぞれの長所を生かせば、良いデザインができると思うぞ？

竹田課長にそう言われたことを思い出す。確かに、穂高はビルのデザインも手がけているし、私よりもずっと経験値が高い。個人住宅メインにデザインしてきた私は、その人に合ったデザインを考えるのは慣れているけど、こういった公共の建物のデザインは初めてで勝手がわからない。

だから本当は、穂高が外観を担当して、私が内観を担当するのがいいんだろう。

……でも、穂高は、

『香苗も外観案を考えてくれ』

……って。

いつの間にか穂高が立ち上がり、私の後ろに歩み寄っていた。くるっと椅子を回して、穂高を見上げる。

「……ねえ、穂高。私も外観の案を出していいの？　だって」

穂高の方が得意なんじゃないの？　そう言いかけた私の唇を、穂高の右人差し指が押さえた。

「大型建築のデザイン、やってみたかったんだろう？」

「……うん」

そこは否定できない。今まで大型建築の外観を担当したことがない私にとって、このチャンスを生かしたいって気持ちは強い。けど。

「でも、穂高がデザインした方が良いデザインができるなら」

穂高のデザインなら間違いないと思う。そして、クライアントにとって、一番良い案を選ぶのは当然のことだ。

穂高の瞳が優しくなった。

「俺がデザインした方が良いとも限らない。俺は香苗のデザインが好きだ」

「え」

うっと息が詰まり、何も言えなくなる。純粋で優しい瞳に見つめられて、呼吸困難になった。

「実用的だが、香苗のデザインは人に優しい。何より住む人の利便性を優先させている。香苗がデザインした個人住宅も、住みやすいと評判だろ？」

真面目に私のデザインを褒める穂高。こんなの……初めて、だ。心の奥から嬉しいって感情が溢《あふ》れ出してくる。

「……ありがと」

右腕で口元のあたりを隠す。やたら恥ずかしくて、どんな顔をしたらいいのかわからない。

ひゅうと穂高が口笛を吹いた。

「デレる香苗も珍しいな」

「なっ⁉」

きっと穂高を睨《にら》むと、彼は口元を緩めて身を屈《かが》めてきた。

「香苗のデザインを褒める理由は、俺が香苗を愛しているから、じゃないからな。純粋にデザインを認めているからだ」

「――っ！　どさくさに紛《まぎ》れて何しようとしてるのよ、馬鹿ーっ！」

そのままキスしようとした穂高の唇を、両手で塞《ふさ》いでガードする。眉を顰《ひそ》める彼に私は「職場ではこーゆーことしないって約束したでしょーが！」と叫んだ。

「……」

ちって、舌打ちした、今⁉　御曹司でしょうが！　品が悪い！

ちゅっ……

「うわあっ⁉」

唇を塞《ふさ》いでいた右手のひらが吸われたっ！　慌てて手を離すと、ヤツは澄ました顔で、私が座っている椅子の肘置きに両手を置いた。

「げ」

完全に閉じ込められている。うううと唸《うな》りながらジト目で見上げると、何故だか穂高は息を大きく吸って胸を膨らませた。

「香苗、お前……俺を煽《あお》って、襲われたいのか？」

「おそっ……!?　そんなわけないでしょっ！」

二人きりの会議室とはいえ、誰かに気付かれるかもしれない場所で、襲うって！

「会社では恋人だと匂わせる程度の関係で、コンペに全力を尽くす。そう言ったじゃない！」

そう、噂《うわさ》が会社中に広がった今となっては、関係を否定するのも労力がいる。そんな暇あったら、コンペに打ち込みたい。だから人前では必要最低限の接触にして。そう穂高に提案したら、頷いたくせに！

「俺もそのつもりだったが、香苗が俺の我慢の限界を試すようなことをするなら――」

ちゅくり。

左耳の下、襟《えり》に隠れるか隠れないかのあたりが、ちくっとした。

「皆の前でこういうことするかもしれないぞ？」

「！！！！」

左手で押さえた首筋が熱い。いつもの御曹司スマイルを浮かべているのに、凍えて震え上がりそうなぐらい、恐怖を感じるのは何故!?

「……香苗……」

穂高の右手がセーターの裾をめくり、中に入ってきた。下着越しに左胸を掴まれただけで、もう身体の奥が反応して蠢《うごめ》き出す。

「んくっ！」

キャミソールとブラをずらされ、生肌が指に弄《もてあそ》ばれる。膨らみを下から持ち上げるように揉みしだかれ、人差し指の腹で先端をぐりぐりと押さえ込まれた。

「やっ……ぁ、ああ！」

ああ、もう先端は硬く尖《とが》っている。乳輪の周囲を撫でていた指が、乳首を擦《こす》るように扱《しご》く。途端に、腰が砕けて動けなくなった。

(こんなにすぐ、身体が)

どくんどくんと身体の奥が脈打つ。自分の身体が自分で制御できないのが、怖い。

「い、や……」

これ以上、ここでするのは嫌だ。そんな思いで穂高を縋《すが》るように見ると、頬骨のあたりを紅色に染めた彼が、動きを止めた。やがて大きな溜息をついた穂高は胸から手を離し、めくり上げられていたセーターの裾を綺麗に戻してくれた。息を整えるように深呼吸している穂高の目から、熱が引いていく。私もその間にぱしぱし両手で頬を叩き、なんとか平常心に戻ろうとした。

言葉もなくはくはくと息を吐いた私を見て、穂高がすっと姿勢を戻す。

そっと会議室を出ていった穂高が戻ってきたのは五分後。冷たいミネラルウォーターのペットボトルを二本持っていた。

渡されるまま、ごくごくと水を飲んだ。身体も頭も、冷えていく。

「ふう……」

五百ミリリットルを一気飲みした私は、ようやく落ち着いた。穂高の方も、ほぼ全量を飲み干したようだ。

「もう、大丈夫か？」

ごく普通の声。さっきまでの熱量はどこへやら、穂高はビジネスモードに変わっていた。私も気を引き締め、こくんと頷く。

「外観案については、自分の案をまとめておいてくれ。香苗は十分大型も狙える実力があると思っている。俺は――」

……どくん……

また雰囲気が変わった。今の穂高は、揶揄《からか》うでもなく、迫るでもなく、ただ――照れたように笑っていた。

「――香苗のデザインを見るのが、とても楽しみだ」

……ああ。こういうところが……敵《かな》わないのだ。穂高は私を揶揄《からか》うことはあっても、私のデザインを揶揄《からか》ったり馬鹿にしたりすることはない。私が穂高の作品を認めつつも素直になれなくて、反発していたのとは違う。穂高は、ライバルの作品も真正面から認めることができる度量の持ち主なんだ。

胸の奥がぽかぽかと温かくなる。穂高の言葉が、私……

（楽しみだって言われて……凄く……嬉しい……）

やってみよう。多分穂高の作品には敵《かな》わないけれど。穂高が外観、私が内観を担当した方が、スムーズに進むのだろうけど。それでも。私は右手をぐっと握り締め、彼を見上げた。

「……ありがとう、穂高。私、頑張る。穂高に負けない作品を作るから」

そう宣戦布告すると、穂高はまた「楽しみにしてる」と綺麗に笑ったのだった。

5　彼女への気持ちと私への気持ち

それから十月半ばまでは、記憶に残らないぐらい忙しかった。先に出来上がった、穂高が外観で私が内観を担当した案は、竹田課長にも『いいんじゃないか？　やはりお前達のペアは良い方向に向かいそうだ』とお褒めの言葉をいただいた。他のチーム――あの飯塚さん達を含む――も概案はできていて、今詳細を詰めているところ――らしい。

（デザイン中、チーム間で交流なんてないし）

これもうちの会社の風習（？）なのか、同じコンペに出るチームは、それぞれが別行動だ。まあ、下手に意見交換してデザイン流用疑惑、なんてことになったら嫌だし。

そして例の私と穂高が付き合っているキャンペーンも、最近下火になってきた、気もする。二人一緒にいても、揶揄《からか》われることが少なくなったし。ほっとしつつも、こんな感じじゃ関係解消した時にまたキャンペーンやらなきゃいけないんだろうか、と遠い目にもなった。

そんなことを考えながら、コンペの準備を重ねていた時に——事件は起こった。

いつもの会議室でパソコンと山積み資料に向かっていた私は、ふぅーっと背伸びをした。そろそろ朝晩が冷える季節になったから、私もブラウスよりニット系を着ることが多くなった。穂高は変わらずスーツ姿だけど、生地が厚めに変わったよね。今朝着ていた黒のスーツも秋冬用に見えた。

「……そういえば、穂高遅いなあ」

壁掛け時計を見ると、もう十四時になろうとしている。今日穂高は、海外出張している社長の代理として、昔馴染《なじ》みの顧客に挨拶《あいさつ》に行くと聞いた。昼ぐらいに戻ると、昨日言っていたのに。

「話が長引いてるのかも」

私はモニターに映したラフ画像を見た。穂高が拘《こだわ》った、私の外観案。概《おおむ》ね出来上がったけど、何かが足りない気がする。

「うーん……やっぱり地元色をもう少し出したいなあ」

どうするか、と思案していた矢先、会議室のドアからがちゃがちゃ、と音がした。誰かが会議室に来たらしい。ノートパソコンをぱたりと畳《たた》んだ私は、鍵を開けてドアを開くと……あ、開けなくても良かったんじゃない？　と後悔した。

「なんだ、三森いたのか」

「いたら悪いんですか、飯塚さん。何か用ですか」

感じ悪い笑顔の飯塚さんが、珍しく一人でドアの前に立っていた。格好は英国風の紺色ストライプ生地のスーツなのに、中身がこれじゃ、スーツがもったいないわ。大体、ノックするもんじゃないの？　いきなりドア開けようとしてたよね。さっき。

「穂高いないだろ？　今」

「穂高は今日、社用外出ですが？」

唐突に何を言ってるんだ。どうやら、そんな顔をしていたらしい。飯塚さんがふふっと馬鹿にしたように嗤《わら》った。

「相変わらず鈍いな、三森は。穂高とお付き合いしてます〜とかで、舞い上がってるんじゃないのか？」

私もふんと鼻を鳴らした。

「そちらこそ、相変わらず感じ悪いですね。飯塚さんには関係ないでしょう？」

これでも一応先輩だから、今までは冷淡な態度は取ってなかった。けど、飯塚さんの穂高に対する態度は、本当に目に余る。最近遠慮することはない、と思うようになった。

飯塚さんは芝居がかった仕草で肩を竦める。

「俺はお前のことを心配してやってるんだぞ？　穂高の隠れ蓑《みの》に使われた、哀れな後輩に忠告したくてな」

（まだ言ってるのか、この人）

平常心平常心。むかむかする気持ちを抑えて、私は口を開く。

「隠れ蓑《みの》も何も、穂高の今の彼女は私ですよ？　そりゃ穂高はモテたでしょうけど、彼の過去のことなんて興味ないし」

こんなセリフがすらっと出てくるなんて、私も成長したな。少しだけ自画自賛。

「はっ」

飯塚さんの唇が、またも私を馬鹿にしたように歪《ゆが》む。

「やれやれ、三森も穂高に絆《ほだ》されたか。お前、気骨ある方だと思ってたんだがな」

「……なんとでも。それで？　用がそれだけなら、コンペの準備したいんですけど」

お前は邪魔だオーラを出してみたけど、全く無視された。

「優しい先輩の俺が、可愛い後輩にこれを教えてやろうと思っただけだ」

そう言って上着のポケットに手を突っ込んだ飯塚さんは、黒いスマホをずいっと私の前に出した。

そこに写っていたのは。

「……穂高？」

どこかのビルとビルの間の、陰になっている路地裏に、ベージュのトレンチコートを着た穂高が立っている。そのコートに縋《すが》り付いている、白いハーフコートを着た髪の長い女性は。

――山形有美子……？

心臓がどくんと嫌な音を立てた。穂高の斜め後ろから撮ったのか、彼の表情はよく見えない。だけど有美子さんの方は、顔がはっきり写っている。必死に何かを訴えているようだ。

（穂高……）

彼女の手が、穂高のトレンチコートの胸元を掴んでいる。そして穂高の左手は、彼女の右肩を掴んでいた。

どう見ても、恩師と生徒、の関係には見えない。いつの間にか私は両拳を握り締めていた。

「俺もたまたまYamagata.DesignStudioの近くに用があって行ったら、こんなシーンにお目にかかったんだがな。さっき調べたら、穂高の社用外出は午前中に終わる予定だった。でもまだ、帰社していないいんだろ？」

「……」

「なんだったら、穂高に連絡してみろよ。そろそろ彼女との逢瀬《おうせ》も終わるんじゃないのか？」

「……」

「穂高にあまり深入りするなよ、三森。お前じゃ彼女には敵《かな》わない」

「……で？」

私は止めていた息を吐き、飯塚さんをじろりと睨《にら》み付けた。

「何を言いたいのかわかりませんけど、私には関係ないですから。じゃ」

ばたん！　と鼻先でドアを閉めてやった。がちゃと鍵をかけたドアに背を預けた間も、何やらぎゃーぎゃー言っていた飯塚さん。最後は「教えてやった俺に感謝するんだな！」と捨てゼリフを残した後、立ち去る乱暴な足音がした。

音が聞こえなくなって……私はずるずるとその場にしゃがみ込んだ。

「何やってるのよ、穂高……」

ずきずき痛む額に、思わず右手を当てる。長身の穂高とこれまたすらりと背の高い彼女が並んでいるだけでも、目を惹く。美男美女のカップルだもの。

同じコンペに参加する、ライバル社のデザイナー。この時期に会っていた、というのはかなりまずい。しかも、撮ったのが飯塚さんだ。

「何かに利用されない？　あれ」

穂高が敵《かたき》と通じていたとか、言いがかりつけてきそうだ。頭が痛い。

(でも、あの写真……)

穂高の様子はわからなかったけど、有美子さんの方は切羽詰《せっぱつ》まっている感じだった。それに……

(……多分穂高だって、彼女のこと放っておけないんじゃないの？)

彼女を庇《かば》うように肩に回されていた左手。その手を見た時、胸の奥が軋《きし》んだ。

穂高は『有美子さんと俺とはそんな関係じゃない』って言っていたけど、少なくとも邪険に扱ってる雰囲気じゃなかった。

「……考えたって……結局は穂高に聞かないと、わからないよね」

そう独《ひと》り言《ご》ちた時、パンツのポケットから振動音がした。スマホを取り出すと、穂高からメッセージが入っているのに気が付いた。

そのメッセージを読んだ私の目は、きっと何も映してなかった、と思う。

――緊急の用が入った。竹田課長には社に戻れないことを伝えている。すまないが、今日は昨日打ち合わせした内容で担当分を進めておいてくれ――

緊急の用？　そりゃ緊急でしょうよ。憧れの彼女に縋《すが》られたんだったら。

そんな嫌みったらしい言葉が浮かんできて、自分が嫌になる。

（さっき飯塚さんに言ったように、私には関係ないこと。穂高の過去は穂高のものだし、今は私のことが好きだって言ってくれてたんだから）

きっと何か事情があってのことだ。穂高だって、落ち着いたらちゃんと説明してくれるはず。

「そうだよね？　穂高……」

ニットの袖をめくってみる。穂高に付けられた、赤い痕《あと》がまだ肌に残っている。

「穂高は、私と付き合ってるんだから」

赤い花に唇で触れた。頭だけじゃない、胸の奥もずっとずきずきと痛い。だけど。

「こんなこと、してる暇ないじゃない」

滲《にじ》んできた目をごしごしと擦《こす》り、立ち上がった。悪意だらけの飯塚さんに惑わされるなんて、情けない。

「今はコンペのことが一番。今日中に外観部分をまとめて、穂高をぎゃふんと言わせてやるんだから」

ぱしっと両手で両頬を叩いた私は、まず穂高に心配するなと返信した。それから椅子に座り直し、ノートパソコンを開く。それからしばらくの間、私は一心不乱に資料まとめに専念したのだった。

……結局、穂高から連絡があったのは、二十一時を回ったところだった。

『今日はすまなかったな、香苗。この埋め合わせは必ずする』

「……いいよ、別に。たまには一人で集中して仕事するのもはかどるし」

『……香苗？』

スマホ越しの穂高の声色が変わる。

『何かあったのか？　様子が』

相変わらず敏《さと》いな、穂高は。胸に巣くう痛みを無視して口を開いた。

「別に……そう、飯塚さんに嫌み言われて、ちょっと腹が立っただけ」

さらりとそう流すと、穂高は『またあいつらか……すまない、嫌な思いさせたな。俺のせいで』

と謝った。

「気にしないで。私も前々から飯塚さんのこと、気に食わなかったし」

『……とにかく、気を付けてくれ。あいつら最近成績が悪いし、あのコンペで一発逆転を狙って何かしでかす可能性が高い。俺を引き摺《ず》り下ろせば、自分達が上に行けると勘違いしてるからな』

「うん、わかった」

（穂高を下げたら自分が上がるって考え、短絡的すぎる。私のこと脳筋だなんて言う資格ないんじゃないの？）

「穂高は」

山形有美子さんに会ったの？

「穂高は大丈夫？　疲れてない？」

『……俺は大丈夫。戻ってから話をする』

ほんの少しの間を私は聞き逃さなかった。穂高は、嘘は言ってない。……ただ、全部話してないだけで。

「私もそろそろ帰るから切るね。また明日」

『まだ会社にいたのか？　食事は？』

いつもの穂高のオカン言葉も、今日は何故か聞くのが辛い。

「大丈夫、ちゃんと食べたから。じゃあ」

通話を切った私は、そのままスマホの電源をＯＦＦにした。散らばったメモ書きや資料を整理して、ノートパソコンの電源を切り、ジャケットを着てすぐに会議室を後にする。

……夕ご飯はおにぎり一つとサラダスティックだけだったけど、穂高だって全部話してないんだから、お互い様だよね。

そう思いながら歩く会社の廊下は、いつもより明かりがぼんやりと見えた。右手の甲でごしごしと目を拭《ぬぐ》った私は、足早に玄関ロビーを通り抜けたのだった。

＊＊＊

次の日。ダークグレーのスーツを着た穂高は、会議室に入るなり私に謝ってくれた。どうしても外せない用事が急に入った、と言って。そこに有美子さんの名前は出てこなかった。

……私はあえて、その用事がなんだったのかは聞かなかった。コンペの準備さえちゃんとしてくれたら、それでいいと穂高に告げると、彼はほっとした表情を浮かべながらも、どこか寂しそうな雰囲気だった。けど、気にしないフリをして、机の上に広げた今回のコンペの発表順が書かれた用紙を見た。

コンペは申し込み順にデザインの概略をクライアントの前で発表、そこから総合点が高い三チームを選抜、更に二次審査、と進む。なんでも発表の様子を市民にも公開し、ホームページから人気投票のようなものをしてもらうとかで、名の知れていない会社でも市民のハートをゲットすればチャンスがある、という思い切った企画だ。斬新な改革を進めている市長さんの方針らしい。

私達のチームは、二日ある発表のうち、二日目のちょうど真ん中ぐらいの順番。……飯塚さん達は私達のすぐ後だ。

（……Yamagata.DesignStudio は一日目の最後、か）

私の右横に立っている穂高を横目で見る。その横顔に変わった様子はない。

ふとあの写真を思い出す。あの時有美子さんは、白のハーフコート、淡いブルーのセーターに白っぽいフレアースカートを着ていた。長身で脚が長く、モデルのような体形だった。

ちらと自分を見下ろす。小柄で胸が大きめ、というのがコンプレックスな身体付き。服もアイボリーのフィッシャーマンズセーターにモカ色のパンツ。ごくありふれた格好だ。

「香苗」

つと穂高がこちらを向いた。どきっとしながらも、私は「何？」と普通に応じる。

穂高の眉尻がやや下がる。

「詳しくは話せないんだが……終業後に出かけることが増えると思う。残業しなくても進捗《しんちょく》は滞《とどこお》らないようにするが、その分、土日に仕事をすることもあるだろう。だから」

彼の薄い唇が言葉を紡《つむ》ぐのを、私は何も言えずに見ていた。心臓の鼓動が僅《わず》かに速くなる。

「香苗を可愛がる時間が減るのが、残念だ」

「〜〜〜〜っ！！！！　何言ってるのよっ！」

その誘いをかけるような顔、やめなさいよっ！　せっかく人が真面目に聞いてたのに！

「そっ、そんなの、コンペが終わってからでいいでしょーがっ！」

そう私が言った途端、穂高の口端が上がった。あああ、いつもの何か企《たくら》んでる笑い方だっ！

「言質《げんち》取ったからな、香苗？　今は遠慮してるが、コンペが終わったら思う存分、香苗を堪能《たんのう》させてもらう」

「遠慮!?　あれで!?」

思わず叫び返す。え、あの身体中赤い痕《あと》だらけで、筋肉痛が酷《ひど》くて、喉だって掠《かす》れて、それで遠慮って！　どんだけヤる気なのよっ！

「六年間の想いが実ったんだ。いいだろ少しぐらい」

穂高の右手が私の顎《あご》の下に伸びる。くいと顎《あご》を上げられ、至近距離に綺麗な顔が迫ってくる。慌てて一歩引いて、穂高の魔の唇から逃れた。

「ぜっんぜん少しじゃないから！　ああぁ、もう、穂高がこんなにスケベだなんて、思わなかったっ！」

会議室で叫んだら外に声が漏れるぞ、と言いつつも穂高は、「俺がこんなにスケベなのは、香苗にだけだから」と嬉しそうに笑った。

私は熱くなった頬とどきどきする心臓を隠すために、ふいと横を向いて唇を尖《とが》らせる。それ以上は穂高も追い込んでこなかった。

（私、穂高に振り回されっぱなしじゃない！）

気が付いたら、穂高のことを考えている。今だって、揶揄《からか》い半分の会話が——凄く嬉しくて、楽しくて。

この時間を……余計なことを言って壊したくない。だから。

だから私は……心の奥底の彼女の面影《おもかげ》に蓋《ふた》をして、何も知らなかったことにした。

それから一週間。穂高は宣言通り、業務時間が終わると速攻で帰宅していた。もっとも、穂高の担当分はほぼ終わっているから、コンペには全く影響はない。

……この前の土日も、仕事があるからと会えなかった。

（べ、別に会えなくたって、なんともないし。私も十分休めてラッキーだったわ）

仕事中の穂高は、仕事に集中しているのか、揶揄《からか》ってくることがなくなった。会話もほぼコンペオンリーだ。それが物足りない、だなんて……

(やめやめやめ！　余計なことは考えない！)

ぶんぶん首を横に振っていると、「どうした香苗？」と穂高の不思議そうな声がした。私はいつもの斜め向かいに座る穂高に、「ちょっと首をほぐそうと思って。最近凝りが酷《ひど》くて」と誤魔化した。

「さあ、始めようか。香苗の外観案に合わせて、俺の内観案も作成したから、二人で検討しよう」

穂高が外観を担当した案は、資料は九割方仕上がっていて、今はプレゼンの原稿を作成している。その合間を縫って、私が外観、穂高が内観の案も固めているところ。忙しくなるが複数案あった方がいい、と穂高が言ってくれたのに乗っかったのだ。

「……りょーかい」

笑いを含んだ声に、渋い声で返事をする。私の内心に気付いているのかいないのか、普段通りの穂高。私は気を取り直して、ノートパソコンを開いた。そして会議室のスクリーンに私がデザインしたビルの外観を映し出す。

「全体のコンセプトは何にしてる？」

「この街の歴史……というか、周囲のビルに合わせてる。もう少し地域の特色を出したいんだけど、まだ決めきれてなくて」

「香苗のデザインにしては、思い切ったな」

「それでも穂高みたいに曲線重視じゃない。そっちのデザインの方が目立つっていうのはわかってる」

「俺を真似する必要はないだろ。形ではなく、色で差別化を図る手もある」

「そうだよね。なるべくメンテナンスも楽にできるようにしたいから、色褪《いろあ》せても味の出る配色に仕上げたい」

「じゃあ、こういうパレットの組み合わせはどうだ？」

　穂高と色々意見を出し合い、デザインを創り上げていく、この時間が堪《たま》らなく心地良い。だけど……

（こんな風に穂高と仕事するのって……もしかして、これが最後になるかもしれないよね？）

　コンペまであと一カ月。それが終わったら。そうしたら付き合っていることにしなくてもよくなる。穂高は好きだの愛してるだの、平気で口にするけど……それなら有美子さんはどうなるの？好きだったんじゃないの？

（過去は関係ない、なんて啖呵《たんか》切っておいて、情けないなあ、私）

　どうして穂高は私を好きになってくれたのか。あの夜、一体何があったのか、今でもまるで思い出せないから、あの時惚れたっていう彼の言葉がわからなくなる。

　……だって山形有美子だよ？　あのすらりとした上品美人のデザイナーで、社長令嬢。性格も女性らしく穏やかな人だって評判だ。

対して私は、どう転んでも庶民だし、童顔でちんちくりんだの言われているし、喧嘩《けんか》っ早くて頑固だし、自分で言ってて悲しくなるけど、女性としての魅力って点だと、彼女には敵《かな》わないと思う。

——だから。

『俺は香苗を愛してる』

あのセリフを思い出す度《たび》に、胸の奥がきりと痛むんだ。穂高を信じきれていない自分も、自信が持てない自分も……嫌で。

「どうした、香苗？　上の空になってただろ。どこか気になるところがあるのか？」

はっ、いけない。つい考え込んでしまった。

「う、ううん、なんでもない。ちょっと疲れたのかな」

眉間を抓《つま》む仕草をすると、穂高が鞄から袋を取り出し、私の方に差し出した。

「これ着けてみれば。結構効くから」

「あ、ありがと」

蒸気が出る使い捨てアイマスク。え、こんなものまで常備してるの、穂高……オカン度上がってない……？

袋から出したアイマスクを目元に当てる。程よい熱が目の周囲に伝わり、緊張がほぐれてきた。

「あー……いい感じ。気持ちいー……」

椅子の背もたれに身体を預け、ゆるゆると熱を楽しむ。穂高がこほんと咳払いをするのが聞こえた。

「香苗、俺は」


RRRRRRR……


突然鳴り響くスマホの音。私の音じゃないから、穂高の？

「はい、穂高です……っ、有美子さん!?」

思わずびくっと震えてしまった。え、有美子さんから電話!?

「一体どうして……え？」

穂高の声が硬くなる。何があったんだろうとアイマスクを外すと、厳しい表情で電話に出ている穂高がいた。眉間に皺《しわ》が寄り、目が吊り上がっている。機嫌の悪い時の顔だ。

「……わかりました。今日は俺しか動けないので、俺が行きます。では」

電話を切った穂高が、私と目を合わせる。その瞳に、薄暗い何かが潜《ひそ》んでいる気がして、ひゅっと息を呑んだ。

「すまない、香苗。俺は今日早退する。それから、さっき有美子さんから電話があったこと、誰にも言わないでほしい」

コンペの作業中なのに、彼女から電話があったら一目散に駆けつけるんだ。その事実が、心の奥の痛みをじわと広げていく。

「……わ、かった」

私が頷くと、穂高の肩から少し力が抜けた。よっぽど緊張していたらしい。

「今詳しいことは話せないが、落ち着いたら必ず全て話す。すまない、こんな時に。恩人が困ってるんだ。父さんは海外出張中だし、手を貸せるのが俺しかいなくて」

「ううん、いいよ。コンペの準備も順調で――ほら穂高が外観案を作った方はもう出来上がってるじゃない。私はもう少し自分の外観案を練ってみるから」

本当にすまなそうな顔をしてる穂高に、これ以上何も言えない。気にするな、と伝えると、穂高が小さく笑った。

「……ありがとう、香苗」

穂高は、すぐにトレンチコートとビジネスバッグを持って会議室から出ていった。多分課長に連絡するんだろう。

「……ふぅ」

再びアイマスクを着用して、椅子にもたれた。私はこの後、外観案を練り直して、どちらでも提出できるようにスライドも作って、それで。

「……」

なんでかな。気持ち良いのに……涙が滲《にじ》み出た。やっぱり穂高にとって、山形有美子さんは特別な人なんだ。彼女に何かあったらすぐさま駆け付ける関係なんだ。有美子さんも穂高に連絡してくるぐらい、彼のことを頼りにしてるんだ。

（なんで穂高は……私のこと好きになったんだろう……）

それがわかったら、少しは自信を持てるようになるのかな。ああ、もう、劣等感だらけの自分が本当に情けない。

アイマスクが冷めるまで、そのままじっとしていた私は、ゆっくりと姿勢を戻す。外したアイマスクからはもう、温度が感じられない。なんだか今の私みたいだ。ぽいとゴミ箱にアイマスクを捨てた後、ぼんやりと机に肘をついた。

（……煮詰まっちゃったな……）

外観のアイデアも出ない。穂高だっていないし……ここのところ、ずっと残業続きだったから、午後は振替休暇にしてもいいかな？　本日中締め切りの仕事もないし。

（そうだ、もう一度見に行こう！）

煮詰まった時は現場から。あの場所を見に行こう。そうしたら、何かが掴めるかもしれない。

思い立ったが吉日とばかりに、がばっと立ち上がった私は、資料をある程度整理してから会議室を出た。竹田課長に午後は半休にする旨を伝えたら「最近働きすぎだと穂高も心配していたぞ。適当に休みは取ってくれよな」と言われた。

熱中すると時間を忘れてしまう、私の悪い癖。はい、三六協定は守りますから大丈夫ですよと答え、そそくさと会社を出ていく。雲一つない秋の空を見上げると、爽《さわ》やかな風が吹いた。

「お昼は駅のイートインスペースでいいかな」

目的地は最寄り駅から電車で二十分ぐらいだ。早く向かおうと早足で歩道を進む私だった。

駅前の様子は、あまり変わっていなかった。変わったのは通り過ぎる人の服装が、完全に秋仕様になり、たまに冬服を着ている人がいることぐらいだ。今の時間、セーターにパンツ姿でちょうど良い気温だけど、陽が陰ってきたら肌寒く感じるかもしれない。

(もうちょっと、俯瞰《ふかん》的に見たいんだけど)

「どこか良いところ……あ」

スマホの地図で検索していたら、駅から歩いて十五分ぐらいの高台に神社があるみたいだ。位置的にもこの辺りを見下ろした写真が撮れそうな感じだし、古くからこの街にあって秋祭りが有名らしい。ちょうど今の時期じゃない。

「よし、ここに行こう」

こういう直感は当たることが多い。私はすたすたと神社目指して歩き始めた。歩いて五分もすると、周囲に緑が増えてきた。ゆるやかな坂道のカーブ沿いに歩く。ヒールの低い靴だけど、運動靴の方が良かったかもしれない。

「あ、ここだ」

石段の上にある大きな石の鳥居を見上げる。石段を上がり切ったところで一礼。鳥居をくぐって、石畳の参道を歩く。その奥にある拝殿は、藍鼠色《あいねずいろ》の屋根に年季が入った木材を柱にした、こぢんまりとしているけど歴史が感じられる建物だった。

お賽銭《さいせん》を入れ、お作法通りにお参りをした。

（いつもありがとうございます。どうかコンペで結果を出せますように。そして、穂高が……）

ふと我に返る。穂高の何を願おうとしたんだろう。彼が幸せに……なるように？　それとも？

さあっと風が吹いて、注連縄《しめなわ》から垂れ下がった紙垂《しで》が揺れる。後ろを振り返ると、お社《やしろ》の周囲の森の中にある、紅葉した木の枝もゆっくり揺れていた。向かって右側にある社務所にも立ち寄り、色とりどりの御守りを見ながら宮司《ぐうじ》さんに話を聞いてみる。

もうすぐ毎年恒例のお祭りがあるらしい。ここから神輿《みこし》が出て、街を一周し、また戻ってくる巡行ルートは青海波《せいがいは》模様ののぼり旗が飾られ、見物客でかなり混み合うようだ。

当然、今回設計するビルもそのルート沿いにある。ビルから五分ほど歩いた先にある、大きな交差点で派手な引き回しもするそうで、その時の写真が社務所に飾られていた。

お礼を言って御守りを二つ購入し、鳥居へと足を向ける。一礼して鳥居を出たところで、駅の方を見下ろした。

（綺麗……）

取り壊し予定の灰色のビルも、その周辺の建物も、混んだ道も、全てが夕焼け色に染まっている。今はそこに不調和はない。でも、あのビルの形を変えたらどうなる？　私の頭の中で、ビルが半円と円を組み合わせた形に変わる。綺麗だけど……どこかしっくりこない。

「……やっぱり派手な形や色合いは似合わないよね……」

街の景色に、神輿《みこし》の巡行の様子や法被《はっぴ》を着た人々のかけ声が重なった。秋の祭りは何百年もこの地に続く伝統なんだから、それに合った……

「――そうだ！」

目の前に、出来上がったビルの外観がぱっと見えた。そう、この神社から見た景色に溶け込むデザインにすればいいんだ！

形も色も、あっという間に頭の中で展開されていく。あれだけ満足いく出来にならなかったラフ画も、今なら描ける！

「ありがとうございます！」

私はもう一度、拝殿に向かってお辞儀をし、駆け足で石段を下りた。坂道もそのまま駆け足で下る。息が乱れても、気にしない。

（早く、早く、このイメージを形にしなくちゃ！）

大慌てで会社に戻った私は、竹田課長から「三森、半休じゃなかったのか!?」と驚かれつつも会議室に飛び込み、何かに取り憑《つ》かれたかのようにキーボードを打ちまくり、メモにペンを走らせたのだった。


「～～とりあえず大枠は終わった……」

へろっと机の上に突っ伏す。ラフデザインを描き直し、パソコンに取り込んでスライド化、それに穂高の内観案を含めて概案を作成し終えた私は、燃え尽きて屍《しかばね》になっていた。

「久しぶりに完徹したわ……」

ああ、目が霞《かす》む。せっかく穂高からもらったアイマスクで目を労《いた》わったところだったのに、また酷使してしまった……

「あ、表紙とラストページの形式、元の案のファイルと形式合わせないと」

急いで作ったから、表紙とかがなおざりのままだった。元の案のファイルを開け、表紙と最終ページをコピーし、編集し直す。データファイルをセーブして閉じた、そのタイミングでぐうとお腹が鳴った。そういえば、飲まず食わずでパソコンに向かってたから、喉もからからだ。

「今って何時？　……え、七時半？」

家に帰ってる時間はないけど、会社近くのコンビニで下着と朝ごはんを買って、ちゃちゃっと食べて着替える時間はありそうだ。

「皆が出社してくる前に行ってこよう」

ぼーっとしたまま、バッグから長財布を掴み取り、会議室を後にする。コンビニでサンドウィッチと野菜ジュースとコーヒー、そして下着諸々を購入。イートインスペースで腹ごしらえし、会社に戻ってトイレで着替え。洗面台でばしゃばしゃと冷水で顔を洗うと、ようやく頭がすっきりとしてきた。

「あ、メイクポーチ、バッグの中だった」

コンビニ袋を片手に会議室に戻る。ドアを開けて中に入ると……穂高はまだ来ていないようだった。

「……あれ？」

机の上に散乱したメモ用紙。一番上に神社でインスピレーションを受けた模様を走り書きしていたはずなのに、それが床に落ちていた。一見乱雑な資料の山も、私が最後に見た配置と少し違う気がする。

「誰か……入ってた？」

穂高が？　とも思ったけど、そうだったらメモでも残していくよね。

（……そういえば、さっき出ていくとき鍵をかけてなかったんじゃ）

あり得る。寝不足でぼーっとしてたし。黒いショルダーバッグの中を確認する。特になくなったものは、なさそうだけど。

（ちょっと注意しておくことにしよう……あ！　もうあと十五分で始業じゃない！）

私は慌ててメイク道具の入ったポーチをバッグから取り出し、しゃしゃしゃしゃしゃしゃっとファンデを塗って、眉を描いて、オレンジがかった赤のリップを唇に塗ったのだった。


「おい、香苗。……昨晩徹夜しただろ」

「え」

メイクが終わって五分後に、穂高が会議室に入ってきた。アイボリー色のトレンチコートにダークグレーのスーツを着た穂高は、相変わらず爽《さわ》やか好青年のいで立ちだ。

……で、人の顔を見るなり、第一声がそれ!?

「わかる？　メイクで隈《くま》も隠したのに」

「隠しきれるか。お前下地クリームとかすっ飛ばしてメイクしただろ」

「穂高……詳しいんだね……」

「ちゃんと身体のことも考えろ。肌が荒れるだろ」

オカン気質がまた発揮されている。穂高から渡されたのは、ビタミン配合のドリンク剤。いやあの、こういうの、持ち歩いてるの、なんで⁉

……ありがたく、いただきますけど。ドリンク剤を一気飲みした私は、コートを脱いでいる穂高に向かって叫んだ。

「そうだ、穂高！　やっとできたんだ、外観案！　穂高の内観と合わせてスライド作ったから、チェックしてくれる？」

穂高は目を瞬いた後、嬉しそうに微笑んだ。その笑顔にうぐっと衝撃を受けた私の心臓が、ばくばくと煩《うるさ》い。

「その顔からすると、自信作なんだろ？　見るのが楽しみだ」

穂高が、いつもの席に座る。私は部屋の照明を落とし、作り上げたスライドを映し出す。高揚感に浮かされたままの私は早口だったけど、穂高は何も言わずにじっとスライドを見ていた。最後まで説明が終わった後、穂高はこちらに向き直る。

「……良いデザインだ。クライアントも喜ぶだろう。香苗が拘《こだわ》っていた、街の歴史も表現されているし、これなら街の象徴になるんじゃないか？」

「そう？　そう思う？」

「ああ。俺にはこんなデザインは作れない。香苗らしさが出ている素晴らしい作品だ」

穂高が……私のデザインを認めてくれた。ずっと背中を追い続けていた穂高が。素晴らしいって言ってくれた。熱い感動が胸の奥から湧き上がってきて、不覚にも涙が出た。

穂高が気付く前に涙を拭《ぬぐ》った私は、「ありがとう。穂高に認めてもらえて、本当に嬉しい」と笑った。穂高はすっと私から視線を逸らして立ち上がり、部屋の照明を付ける。

「でもこれは、コンペに出せる品質じゃないんだよね……」

案として大枠はまとまったけど、粗削りで詳細がまだまだだ。このまま提出しても、それこそ箸《はし》にも棒にもかからないだろう。

「やっぱり穂高のデザインでいこう。……それから」

私は立ち上がり、穂高に深く頭を下げた。

「ありがとう、私にこの案を作らせてくれて。凄く楽しかったし、勉強になった。穂高とペアになって……本当に良かった」

穂高は目を見張った後、口元に右手を当てて下を向いた。頬骨のあたりが、ほんのりピンクに染まっている。

「俺も……そう思ってる。香苗とペアが組めて本当に良かったと」

穂高が瞼《まぶた》を閉じ、腕を組む。少し考え込んだ後、再び私の方を見た穂高の瞳には、決然とした光が宿っていた。

「香苗。俺は今まで黙っていたことがあるんだ」

どくっと心臓が鳴る。それってまさか、有美子さんの、こと……？

（聞きたくない！）

「そ、それって、コンペ終わってからじゃ、だめかな？」

咄嗟《とっさ》に口から言葉が出た。穂高の眉根が寄る。

「その、真面目な話だったら、ゆとりのある時に聞きたいんだ。今はほら、精神的余裕がないし」

……ごめん、穂高。私、今は有美子さんのこと、ちゃんと聞けそうにない。

そう心の中で謝罪していると、穂高は溜息をついて「……わかった。後にする」と引っ込めてくれた。私がほっと息をつくと、穂高は微妙な顔付きになった後、ああそうだと話を切り替えた。

「ここに来る前に竹田課長に声をかけられた」

「課長に？」

「今の進捗《しんちょく》を確認したいそうだ。その時にこの案も持っていこう」

「……え？」

穂高の案でいこうと言ったのに？　私が首を傾げると、穂高は私を見下ろした。

「まだ不完全で、詰めないといけないところが沢山あるのはわかる。コンペまで時間的に厳しいことも。だが」

穂高の瞳の色が深くなった。真っ直ぐに私を見る彼の表情は――一人のデザイナーとしての顔だった。

「この案を出さないなど、許されない。香苗が、あの街を思って創り上げたデザインだ。俺も協力するから、ちゃんと形にしよう」

「穂高……」

じわりと視界がぶれた。もう完成されている穂高の案を出す方が確実だし、彼のキャリアからいっても十分受注が見込めるはず。周囲もそう思っているだろう。だけど穂高は——私の作品を認めて、その可能性を信じ、サポートしてくれると言ってくれたんだ。

(経験の浅い私のデザインを無視することだってできるのに)

飯塚さん達なら絶対にそうする。多分ふんと鼻で嗤《わら》って終わりだろう。でも穂高はそうはしない。ちゃんとデザインを認めて、私のことを考えてくれている。

「ありがとう、穂高……」

胸が熱い。目頭も熱い。声が擦れて上手《うま》くお礼が言えない。

(ああ今、穂高は私のことだけ考えてくれているんだ)

それが堪《たま》らなく嬉しい。穂高が有美子さんじゃなく私を、見てくれていることが。

……穂高が有美子さんのことを、未《いま》だに忘れられなくてもいいじゃないか。こんなに私のことを認めて、考えてくれた。その事実があれば、それでいい。それだけで、穂高のこと好きになって良かったって……

(……あれ?)

そこで私の思考は止まった。

今私、何を思った?　穂高の、こと……

(んぎゃあああああっ!)

かっと全身が熱くなった。わ、私っ、穂高をっ……！

そう思った途端、舌を絡み合わせた時の穂高の味が、口の中に甦《よみがえ》る。頭も身体も今にも沸騰しそう……！

「香苗？」

穂高の不思議そうな声も耳に入らない。だめだ、目の前の穂高を見ていられない……！

「ご、ごめん、穂高っ！　わ、私ちょっとトイレにっ！」

あの朝と同じく、完全にパニックになった私は、びっくり眼《まなこ》になっている穂高から走って逃げた。

女子トイレに駆け込み、一番奥の個室に閉じ籠《こも》ってしゃがみ込み、うわあああと頭を抱えた。

（どうして!?　あれだけ憎たらしく思ってたのに!?）

いつだって、私の前を行くライバル。澄ました顔が憎たらしくて、絶対ぎゃふんと言わせてやると息巻いていたのに。

ペアを組むことになってから？　飯塚さん達の前で付き合ってる宣言をした時から？　それとも、穂高と夜を過ごすようになってから？

（いや、確かに身体を重ねるのは、気持ち良かった、けどっ……！）

穂高の汗の匂い。擦れた声。温かい肌。長い指に……そんなことまで、思い出してしまう。

心臓の鼓動が煩《うるさ》すぎて、耳がキーンと鳴っている。汗がじわっと噴き出してきて、うわ、手のひらも汗ばんでる!?

——俺は香苗を愛してる。


ずきんと胸が痛んだ。

（あのセリフを思い出しただけで、胸が圧《お》し潰されそう……）

穂高に対する気持ちを自覚した途端に、凄く嬉しい気持ちと、凄く不安な気持ちが湧き上がってごちゃ混ぜになっている。だって、穂高はセレブ御曹司で天才的センスを持つデザイナーで、王子様みたいな外見で、背が高くて、性格は……若干腹黒いかもしれないけど、私のことも認めてくれる度量の持ち主で。片や私は、普通のサラリーマン家庭の娘で、背も低くて童顔で、性格もがさつで、どう見ても穂高と釣り合わないし、第一。

「有美子さんのこと……」

彼女の顔を思い浮かべると、少し冷静さが戻ってきた。穂高が彼女を大切に思っていることは間違いない。その思いが、どんな思いなのか、それは私に向ける思いとは違うのか。


RRRRRRR……


「ひえっ!?」

ポケットから鳴り響く着信音に、私はびっくりして便座に肩をぶつけてしまった。

「いてて……」

立ち上がり、右手でスマホを取り出すと、そこには穂高の名前が。

「……はい」

『……大丈夫か香苗？　お前体調悪いのか？』

なんか声を聞くだけでどきどきする。やめてほしい。

「あー……うん、大丈夫。ごめんね、完徹したの久々で疲れてたみたい」

『課長のところに行こうと思ってたが、後の方がいいか？』

「えーと……三十分後でも構わない？　ちょっと休んだら戻るから」

『わかった。資料はまとめておく』

「じゃあ」

通話を切った私は、個室を出て洗面台で思いっ切り冷水を顔に浴びせた。ハンカチで拭いた後、落ち着くために例の場所へと向かう。


……やっぱりここって落ち着くよね……

一階ロビー奥のフリースペース。白いソファに座り、私の大好きなデザイン画を見上げる。青い海、緑の芝生。その匂いまで感じられる。人を大切に思う気持ちを表現したい、そう思って頑張ってきた。私の永遠の憧れで……目標。

「こんな風に思われたら、幸せだろうなあ……」

好きな人の『好き』を詰め込んだ家。そこで暮らす幸せな二人。彼女が笑みを浮かべるのを見て、嬉しそうに笑う彼。

(私と穂高は……)

……だめだ、口喧嘩《けんか》しているところしか思い浮かばない。このデザイン画のようになれる日は、当分来ない気がする。

「なんだ、またここでさぼってるのか、三森」

(うげ)

私にとっての神聖なスペースが穢《けが》された感じ。私が座っているソファのすぐ横で立ち止まった飯塚さんは、黒のコートを身に纏《まと》い、相も変わらず品のない笑みを浮かべていた。

「こんにちは。ええ、体調悪くてここで休憩してました」

座ったままにっこり笑い、セリフ棒読みの私の前で、飯塚さんはあの作品に向かい顎《あご》をしゃくる。

「そんなにこの作品がいいのか？　知らぬが仏ってやつだな」

「は？」

(何言ってるの、この人は)

眉を顰《ひそ》めると飯塚さんは、ははっと両手を広げて高笑いをした。

「穂高は三森に何も言ってないんだろ？　やっぱりお前は穂高にとってどーでもいい相手だったってことだ」

「……なんのことですか」

私が聞くと、飯塚さんは感じ悪い笑みを浮かべた。

「三森お前……この作品を手がけたのが穂高だって知ってるのか？」

「え」

一瞬で頭の中が真っ白になった。この作品を、穂高が、なんだって？

「当時大学生だった穂高が、山形有美子とチームを組んで作ったのがコレだ。もっともこの作品が大賞を取ったことで山形哲司が大激怒。彼女に大学講師を辞めさせ、すぐ見合い相手と結婚させたって話だが」

――穂高が、これを、作った……？

ずっと心の支えにしてきた、憧れの作品。落ち込んだ時も、このデザイン画を見て心を奮《ふる》い立たせてきた。それが……穂高の作品だって!?

（それも、有美子さんとチームって）

ああでも、この作品も曲線を特徴的に使っている。それは穂高の作品と同じ。そうだ、よく見ればところどころに彼らしい趣向がある。なんで今まで気が付かなかったのか、と思うぐらいに。

私がこのデザインを褒めた時、いつだって穂高は気に入らないと言いたげな顔をしていた。それに穂高がこのデザインを手がけたって、社内でも聞いたことない。

まさか……意図的に隠されてた……？

顔から血の気が引くのがわかる。呆然とした私を見下ろす飯塚さんは、ますます調子づいたように喋り出す。

「だから言っただろ？　穂高と山形有美子はただの師弟関係じゃないと。俺が思うに、これは山形有美子のために作られた作品だ。当時の穂高は、彼女にぞっこんだったそうだからな。まあ、結局あいつもフラれたわけだが」

「そん、な」

そんなことない、と言いかけた私の目に入ってきたのは、リビングのデザイン画。壁一面だけの差し色。それは――

（……淡いブルー……）

飯塚さんに見せられた写真の、穂高と一緒にいた彼女。その時彼女が着ていたセーターの色、だ。

「……」

（彼女がよく身に纏《まと》っている色を、彼女が好きな色を選んだんだ）

この作品が、誰かのために作られたものだって感じていた。その愛情がデザインに溢《あふ》れているって。それは……その想いは……

（穂高が、彼女を想う気持ち、だったんだ……）

だから穂高は、有美子さんのために今も……？

（穂高は……有美子さんに想いを受け入れてもらえなくて、それでも彼女のために）

（そんな、の）

敵《かな》うわけ、ないじゃない。こんな素敵な作品を生み出した想いに、敵《かな》うわけないじゃない。これを見ただけで、どれほど彼女に深い愛情を抱いていたのか、他人の私にだってわかるのに。

目に映る世界が褪《あ》せていく。さっきまでキラキラ輝いて見えた、あの家も……モノクロにしか見えなくなる。

膝の上で握られた拳が小刻みに震えた。俯《うつむ》き加減になった私に、飯塚さんの得意げな声が更に毒を注いでいく。

「まあ穂高のデザインは山形有美子に影響を受けているからな。彼女と似たデザインになっても不思議じゃない。穂高を選んだ自分を恨むんだな、三森」

俯《うつむ》いたまま何も言わない私。言いたいことだけ言った飯塚さんが、立ち去る気配がする。

「……っ……!」

足音が消えてから、ずっと我慢していた涙が、ほろりと零《こぼ》れ落ちる。胸が――痛い――

(痛くて……堪《たま》らない……)

穂高は本当に有美子さんのことが好きだったんだ。その想いはこんなに純粋で綺麗で……今、穂高が私に抱いている想いとは、きっと比べ物にならない。

自分が憧れていた作品を作ったのが穂高で、その穂高は有美子さんのために作った。その想いの重さに、心が圧《お》し潰されそうになる。

(私……穂高のこと、ずっと前から好きだったんだ……)

この作品に惚れ込んで。その想いに感性に、ずっとずっと憧れていた。

「私……」

――六年前から、穂高に恋をしていた。この作品を通じて、穂高の魂《たましい》に恋をした。そして今、穂高を穂高だとわかって好きになった――のに。

(……その途端に……失恋……?)

なんかもう、頭の中がぐちゃぐちゃだ。穂高はこの作品が自分のだとは言わなかった。いや、言う気がなかったんだろう。

(私がこの画を褒める度《たび》に、穂高は何を思ってたんだろう)

あまり嬉しそうじゃなかった穂高。馬鹿馬鹿しい、とでも思っていたのかな。何も知らずに、この作品にべた惚れだった私を見て。

RRRRRRR……

再び鳴り響く呼び出し音に身体がびくっと跳ねた。また穂高からの呼び出しだ。大きく深呼吸をしてから、「はい、三森です」と電話に出た。

『香苗? 大丈夫なのか?』

「穂高」

声がやや掠《かす》れている。それに気付いたのか、穂高の声が優しくなる。

『課長への報告は俺がしておくから、今日は早退するか?』

「そ、う……だね」

今は穂高の顔を見られそうにない。私は彼の言うことに乗っかることにした。

「ごめん、ちょっと貧血気味みたいなんだ。穂高の言う通り、今日は早退させてもらってもいいかな」

『もちろん構わない。今どこにいる？　鞄を持って行く』

「いいよ！」

咄嗟《とっさ》に穂高を遮《さえぎ》る。こうして声を聞いてるだけで泣きそうになるのに、会えるわけない。

「課長との打ち合わせ、時間もうすぐでしょ？　バッグは取りに行くから、穂高は課長のところに行って。メールは入れておくけど、ついでに課長に早退のこと伝えてもらえると助かる」

『……わかった。無理するなよ』

「うん、ありがとう」

なんとか普通に話ができた。電話を切った後、ぐいと右手で涙を拭《ぬぐ》う。そのまま立ち上がった私は、人目につかないように非常階段から会議室へと戻り……施錠された会議室に置いていたショルダーバッグとジャケットを取り、課長に早退の旨をメールしてそそくさと立ち去った。何も感じないように、俯《うつむ》き加減で早足に歩く。

ワンルームマンションに戻り、ベッドの上にごろりと横になって初めて——私は声を上げて泣くことができたのだった。

6　絶対に、負けない

「……うん、大丈夫」

翌朝。泣いた後むくんだ瞼《まぶた》を冷やしてケアしただけあって、洗面所の鏡に映る私の顔は、ぱっと見いつもの状態に戻っていた。目も腫《は》れて、頬も赤らんでいて、昨日の私の顔はブサイクすぎたけど、出社できる顔に戻って良かった。

「泣いてなんかさっぱりした」

そうだよね、コンペが終わったらこの関係も終わるんだから、その時に玉砕したっていいじゃない。

「よし、やるぞ！　絶対コンペで勝ってみせる！」

天に向かって右の拳を突き出してポージングした後、ふんと胸を張り気合を入れる。今日は紺色のジャケットにパンツ、白いタートルネックセーターという組み合わせ。

「三森香苗、出動します！」

鏡の自分にびしっと敬礼ポーズを取った後、私はマンションを出ていった。今日穂高は、午前中はいないと聞いていたから、朝一に会うことはないはず。

（そう、今まで通り、このままでいいんだ……そうだ、課長に昨日のこと謝っておかないと）

私は会議室に直行せず、自席へと向かった。席に座る竹田課長に頭を下げると、逆に「三森、根詰めすぎじゃないのか？　休む時はしっかり休むように」と心配されてしまった。

「もう大丈夫ですから」と穂高の席をちらりと見る。バッグもないし、壁にかかっている予定表も午前中は外出になって……

（……あれ？）

マグネット白板の予定表から、飯塚さんの名前が消えている。ごしごしと目を擦《こす》ってみたけれど、やっぱりない。

「あの、飯塚さん、異動されたんですか？」

白板を指差すと、課長の眉間に皺《しわ》が寄った。いつも温厚な竹田課長にしては、不機嫌な感じだ。

課長は机の上で指を組み、深い溜息をついた。

「飯塚は退職した」

「は？」

（辞めた⁉）

ぽかんと口を開けてしまう。え、でも昨日、いたよね飯塚さん！

「飯塚さん、昨日出社されてましたよね？　コンペにも出る予定じゃ」

「……昨日が最終日だったんだ。一週間前に突然退職の意思を告げられた。コンペに出てからでもと引き留めたが、すぐ退職したいと希望してきたんだ。まあ、過去にもそういったケースがあったから、人事部の方でも認められた。コンペの方は」

はああと、また溜息が課長の口から漏れる。

「飯塚は自分のデザインを使ってくれていいと置き土産《みやげ》にしていったが、本人がいないデザインを出すわけにもいかない。そちらについては、三組に絞り込む前に候補となっていたチームを出すことにした。すでにデザインも仕上がっていることだしな」

「そう、ですか」

コンペまであと二週間しかない。このタイミングで辞めるって、嫌がらせとしか思えないんだけど。

「そうだ、三森。穂高から見せてもらったぞ、三森の外観案」

重くなった雰囲気を切り替えるように竹田課長が言った。

「いい案だった。十分受注を狙える作品だ。まだ詳細が決めきれていないと聞いたが、そのままではもったいない。穂高の案が完成しているのであれば、こちらも完成まで持っていく時間が取れるんじゃないか？」

「！　ありがとうございます！」

竹田課長はお世辞を言う人じゃない。本当に実力を認めてくれたんだ。九十度に腰を曲げ、深くお辞儀をすると、竹田課長は「今回、三森はよく頑張ったな。穂高とペアを組んだことでいい刺激を受けたんだろう」とにこりと笑った。

穂高の名前に、ずきりと胸が痛んだけれど、私は何事もないように会釈《えしゃく》してその場を立ち去った。

(そう、だよね。今回穂高と組んで、色んなことが勉強になった。それだけでも……一緒に仕事が

できて良かったんだ）

このまま突っ走ろう。コンペが終わるまで、穂高と一緒に仕事して——その後は、その時になったら考えよう。

このやるせない想いも。胸の痛みも。今はなかったことにしよう。

そう、全てが終わったら。もしかしたら。

（私にだって、あの家に匹敵するぐらいの大傑作がデザインできるかもしれないじゃない）

いつもの会議室に到着する。長机の上が綺麗に整理されているのは、穂高？

「あ……」

崩れそうになっていた資料の山は綺麗に揃えてあるけど、私が走り書きしたメモは捨てずにわかりやすい位置に置いてくれている。こんなぐちゃぐちゃにペンで描いたのなんて、他人が見たら、ゴミだと間違いそうなのに。

『無理するな』

一言書かれたメモが、白いコンビニ袋の前に置いてあった。袋を開けると、ペットボトルのお茶にスティック状の栄養クッキー、コーヒー缶が入っている。……全部私がよく買っている銘柄だ。

「穂高……」

メモを胸に押し付けた。じわりとそこから温かさが伝わってくる気がする。穂高はいつだって、私のことをサポートしてくれていたよね。

「……ありがとう」

私のデザインを楽しみにしてると言ってくれた。それなら。

（……思いっ切り全力を尽くすんだ……！）

穂高に認められるように。穂高があの家に有美子さんへの気持ちを込めたのなら。

「私だって穂高への気持ちを込めるんだ……！」

（どうせ失恋するなら、全力で失恋してやるっ！）

手早く必要な資料を手元に集め、どかっと椅子に座った私は、ノートパソコンを立ち上げ、メモ書きを机に広げ、自分のデザインに集中した。

お祭りの囃子《はやし》の音。買い物に行く親子連れ。カフェで一休みするサラリーマン。神社のある山から吹く風の音。あの場所が、目の前に広がって、その全てが、形になっていく——

キーボードの音、マウスクリックの音、資料をめくる音、そしてさらさらと紙の上をペンが滑る音が、会議室に響いていた。


「……え」

「……」

「香苗！」

左肩を叩かれ、はっと気が付くと、私は元の会議室にいた。ついと左横を見ると、ダークグレーのスーツを着た穂高がそこに立っていた。

「あれ？　……ほだ、か？」

眉を顰《ひそ》めた穂高が、ぐいと顔を近付けてくる。

「いつから熱中してたんだ。もう十五時だぞ」

「へ」

壁掛け時計を見ると、確かにその時間。仕事に夢中になっていて、お昼休みのチャイムの音さえ耳に入っていなかった。

ぐうと急にお腹が鳴った。穂高は溜息をつくと、コンビニ袋からコーヒー缶とクッキーの箱を取り出した。

「とりあえず、これ食べろ」

「ありがと」

私は頷くと、棒状のクッキーに齧《かじ》り付いた。ココア味がほろほろと口の中で崩れる。コーヒーを一口飲んで、やっと頭が現実に追い付いた感じがする。

「香苗、ここまで仕上げたのか？　この短時間で？」

穂高が目を丸くして、ノートパソコンのモニターに映る全体俯瞰《ふかん》図を見た。ラフデザインとメモ書きを合わせて、ＣＡＤの立体模型として仕上げたのだ。

「あ……うん。竹田課長にも完成させたらどうだって言われたから」

まさか穂高に認められようと全力疾走した、とは言えない。

穂高はじっと画面を見た後、後ろから私の両肩に手を置いた。

「ぐえっ!?」

急に首の後ろを親指で押された私は、絞殺されそうになっている鶏《とり》のような声を上げた。

「ったく、またこの辺がカチコチになってるだろう。熱中するのもいいが、身体にも気を遣え」

「くっ、あっ、いたっ」

ぐりぐり肩甲骨のツボを押されて、呻《うめ》き声を漏《も》らす私。張った肩も、二の腕も大きな手で揉み解される。

「俺が少し目を離したらこのざまだ。ずっと付いていないと」

穂高の口から零《こぼ》れた言葉。それが私の心にさざ波を立てた。

(ずっとって……本当に?)

コンペが終わっても?　あの女性《ひと》が傍に来ても?

「……穂高」

くるっと椅子を回転させ、マッサージを中断させる。穂高を見上げると、彼は不思議そうな顔で私を見ていた。私はごくりと生唾を呑み、言葉を続けた。

「あのね、穂高。もう少しで仕上がると思う。だから仕事が終わったら」

こう言うことが正解なのかはわからない。だけど、どうしても、今日は。

「……その、穂高の……」

穂高の顔を見ていられなくて、目を瞑《つぶ》る。無意識に両手を組んで、祈るような仕草をしていた。

「穂高の家に行っても、いい……っ?」

「!」

……沈黙が続く。恐る恐る目を開けると、私の前に目を見開いたまま固まった穂高がいた。

「穂高？」

私が首を傾げると、穂高ははっと目を瞬いた。じわりじわりと頬を染めた彼が、右手で口元を押さえている。

「香苗。それは……俺を誘ってるのか？」

そう返されると、ぐっと息が詰まる。私の頬もきっと赤くなっているに違いない。

「っ、そ、そ、うだけ、ど……悪い!?」

「悪くは……ない」

穂高がしどろもどろになっている。視線をあらぬ方向へと逸らした彼が呟く。

「香苗から誘ってくれるのは、初めてだな。嬉しい……」

(うぐっ！)

頬を染めて、目を潤ませている穂高。そのビジュアルの破壊力と色気にあてられて、ふっと気が遠くなる。

たっぷり数十秒後、穂高は眉を下げ、しゅんとした表情を浮かべた。

「……だけど、すまない。今日はだめなんだ。父さんが出張から戻ってくるから、夕食を一緒にと約束してる」

「あ」

社長が海外出張から戻ってくるの、今日の便だっけ。

「ごめん！　社長が戻ってくるなら、そちらが優先だよね。突然スケジュールも確認せずに誘ったから……っ！」

あわあわしている私の唇が、穂高の唇で塞《ふさ》がれた。ちゅ、ちゅと軽いキスが何度も続く。下唇を甘噛みされて、思わずぴくんと背筋を反らしてしまう。

「いつもなら絶対香苗を優先してる。だけど、今回は特別なんだ。これが終わったら……香苗のお誘い通り、一週間ぐらい愛したい」

左耳に囁《ささや》かれる低い声の振動が身体全体に伝わり、それが熱に変わる。こうして穂高が傍にいるだけで、すぐに身体が反応してしまう。穂高の唇や舌や指……匂いや肌の体温……そして私の最奥まで貫く、あの……までが恋しくて、身体の奥がむずむずする。堪《たま》らなくなって、閉じた太腿《ふともも》に力を込めた。

「う、うん、わか……っ、一週間!?」

そのままYESと言うところだった！　穂高ねちっこいから、体力が持たないっ」

「せめて、一日にしてよ！　穂高ねちっこいから、体力が持たないっ」

おやと目を丸くした彼は、いつもの揶揄《からか》うような笑みを浮かべた。

「なんだ、今なら頷いてくれると思ったのに、残念だ」

（あああ、もう！）

穂高の一挙一動にここまで振り回されるなんて、そのうち発作でも起こすんじゃないの、私の心臓!?

（……でも、一週間って）

その間は私と付き合ってくれるってことだよね。コンペが終わっても、しばらくはこのままの関係でいられる――かもと、思っただけで胸が熱くなる。

（私、もう穂高に堕ちて、る……？）

身を屈《かが》め、私に覆い被《かぶ》さって立つ穂高の髪が、今にも額に触れそうだ。長めのまつ毛、伏し目がちの瞳、すっと通った鼻筋、薄い唇、それぞれのパーツが綺麗に並んでいる顔。この顔を間近で見るだけで、だめだ、脈拍数が上昇する……！

「そそそ、そうだ、穂高っ！　これ見てよ、私が追加した部分！」

穂高を振り切るように、ギュインと回転椅子を回す。かちゃかちゃと不要なクリック音を立てる私に、穂高は何も言わなかった。

――ただ、後ろから私の身体にそっと腕が回され、右の耳元でくすっと小さく笑う声を聞かされただけだった。

＊＊＊

コンペまであと一週間。参加チームはどこもピリピリした緊張感を漂わせている。プレゼンは穂高が担当することになったから、穂高の語りを聞いてチェック、更にセリフを検討して……を何度繰り返したことか。今も穂高が会議室の壁一面に下ろしたスクリーンの横に立ち、プレゼンの練習真っ最中だ。私は椅子に座り、彼の説明を聞いている。グレーのスーツを着る穂高はモデル並みに背が高くて脚が長いから、前で発表すると人目を惹くよね、絶対。

……グレーを着ても似合わない私は、今日もモカ色のジャケットパンツスーツだ。

(穂高の声って聞き取りやすいなあ)

低くて伸びのあるテノールの声。発音がはっきりしていて、「あの」とか「えっと」とかの場つなぎ言葉も少ない。話の構成もわかりやすく、堂々としていて、やたらと説得力がある。私がクライアントでも、無条件に頷いてしまいそうだ。

「穂高ってプレゼン上手《うま》いよね」

そう言うと、穂高は言葉を切り、じっと私を見下ろした。

「経験の差だろ。クライアントの会議で説明することが多かったからな」

「……確かに」

個人住宅メインの私は、クライアントといっても四人ぐらいまでで(大抵はご夫婦二人組が多いけれど)、大勢の人の前で説明する機会はほぼなかった。穂高は大型建築に携《たずさ》わったこともあるから、こういう場で話すのに慣れているのだろう。

「俺は香苗の説明が好きだ」

「え」

びっくり眼《まなこ》の私に、穂高が言葉を続ける。

「香苗の言葉には熱量があるんだ。単純な説明じゃなく、『クライアントのために提案したい』って気持ちが伝わってくる。クライアントの予算に合わせて、コストをかけるポイントを絞って提案してるだろ？　あれは向こうも助かってると思うぞ？」

専業主婦だから、キッチンで過ごす時間が長い。

――キッチン横にアイロンがけや洗濯物たたみ、パソコンでの作業もできる小さなスペースはどうですか？

働いているから、まずリビングでゆったりしたい。

――玄関とリビングの間にクローゼットスペースを作って、すぐに着替えてくつろげるようにするのはどうですか？　そこからすぐ洗面所に行けるようにすれば、洗濯物もすぐ置けますよ。

子育て中だから、子どもの気配を感じつつ家事をしたい。

――キッチンやリビングから見える位置にキッズスペースを作り、そこでお子さんを遊ばせたり宿題をさせたりするのはどうですか？　お子さんが大きくなれば、そこは来客用のスペースとして使えますよ？

今まで提案したことが頭を過《よぎ》る。なるべくコストを抑えたいと思っているクライアントには標準的な建具を、コストがかかってもいいから自分の好みを反映したいというクライアントには、グレードの高い建具を選べるようにしてきた。

「会議で提案も、個人への提案も同じだ。クライアントの要望に沿った形を提案すればいい」

「穂高……」

彼はこう言ってるんだ。私がやってきたことは、無駄にはならないって。大型案件の提案だってお前ならこなせる、と。

「あり、がと……」

最近すぐ涙ぐんでしまう。熱くなった目頭を誤魔化すように笑う。穂高が私に向かって右手を伸ばした時、ドアをノックする音がした。

「あ、私が出る」

私が立ち上がり、入り口へと歩きかけた瞬間、勝手にドアが開いた。

「なんだ、無駄な努力してるんだな、穂高と三森は」

会議室に足を踏み入れ、じろっとスライドの方を見た二人組は——

「！　藤原さんと井上さん⁉」

穂高が即座にスライドを消す。私も入り口近くにある照明スイッチをＯＮにし、にやにや笑いの二人に向き合った。穂高と同じグレー調のスーツを着ているけど、本当に品がないよね、この人達は。

(まあでも、飯塚さんほど外見のインパクトがないよね。髪型も容姿も平々凡々で)

「コンペの準備中に勝手に入ってくるなんて、失礼じゃないですか？」

それぞれのチームは、他のチームの邪魔にならないように配慮しているのに。しかも勝手に入ってきて、先輩と言えど許せない。

私が睨《にら》み上げると、「おお、怖」と藤原さんがふざけて両手を上げた。

「で、なんの用ですか。見ての通り、俺達はあなた達に割《さ》く時間などないのですが」

穂高も私の右隣に立ち、冷たい笑みを浮かべた。そうだ、この人達もコンペに出るはずだったよね。

(飯塚さんが辞めて……次のチームに入ったんじゃなかったっけ?)

「俺達は親切に教えてやろうと来たんだぜ、穂高」

藤原さんがそう嗤《わら》う。

「飯塚さんからの伝言だ。お前達の公表されたらまずい情報を握ってる。周りに知られたくなかったら、ここに二人で来い、とな」

「!」

藤原さんが名刺を穂高に渡す。それを見た穂高が一瞬眉を顰《ひそ》めた。公表されたらまずい情報……って……

(あ!)

もしかして、あの写真のこと!? 穂高に縋《すが》り付く有美子さんの。確かにコンペ前にあれが知れ渡ったら、あらぬ疑いをかけられるかもしれない。

(あの後、何も言ってこなかったから、油断したっ……!)

ぎりと歯ぎしりをした私の隣で、淡々と穂高が話す。

「そうですか。わかりました。俺達に後ろ暗いところはありませんが、色々言われても迷惑なので。確認に伺うとお伝えください」

慇懃《いんぎん》無礼《ぶれい》な穂高の態度に、それ以上何も言えなかったのか、井上さんが舌打ちをした。その横で藤原さんがふんと反り返っている。

「せいぜいあがくんだな。お前の泣きっ面を拝めるのが楽しみだ、穂高」

そう捨てゼリフを吐いた藤原さんと井上さんは、来た時と同じようにさっさといなくなった。私は穂高が右手に持つ名刺を覗き込む。その名刺は、住宅街の中にある有名なカフェのもので、そこに日時が記されていた。

(今日の十八時……)

よりによってコンペ一週間前の大事な時期に！　迷惑すぎる！

こめかみに青筋が浮かびそうだ。重い溜息をついた穂高が私に向き直る。

「仕方ない。これ以上邪魔をされても困る。俺が行くから香苗はコンペの準備を」

穂高の言葉を遮《さえぎ》って私は叫んだ。

「私も行く！　だって藤原さん、二人でって言ってたじゃない」

そう、あの男の狙いは私達二人。メインは穂高なんだろうけど、きっと私のことも気に食わない奴だと思っていたはず。

「飯塚さんの狙いは私と穂高を蹴落とすことなんだから、一人でなんて絶対だめ！　ちゃんと二人で対応しよう」

穂高にいちゃもんを付けてくるなら、私が文句言ってやる。そう鼻息荒く宣言すると、穂高がはっと笑い声を上げた。

「香苗は勇ましいな。……よし、香苗は俺が守る。だから二人で行こう」

「うん！」

拳を握り穂高に突き出すと、彼も拳をこつんと合わせてくれた。

(見てなさい、卑怯な手を使ったって、負けないんだから！)

怒りがメラメラと燃え上がる。穂高は「まあ落ち着け。続きをやろう」と、かっかと頭を沸騰させた私の右肩をぽんと叩いたのだった。

＊＊＊

そして十八時。指定されたカフェに行くと、ウェイターが個室まで案内してくれた。中に入ると、黒のスーツを着た飯塚さんが濃い臙脂色《えんじいろ》のソファに優雅に座り、コーヒーを飲んでいるところだった。

「ここのコーヒーは薫り高くて美味《おい》いぞ」

飯塚さんは楽しそうだ。彼の真正面に穂高と並んで座った私はカフェオレを、穂高はオリジナルブレンドコーヒーを注文した。注文した飲み物が運ばれてくるまでの間、個室の中は不自然な沈黙が支配していた。

「……それで？　コンペ前のこの忙しい時期に呼び出しまでして、何が言いたいんですか、飯塚さん」

カフェオレを一口飲んだ私が口火を切る。無駄な時間を過ごしたくないし。

「相変わらず落ち着きがないな、三森は」

やれやれと肩を竦めた飯塚さんは、黒いビジネスバッグからバインダークリップで留められた資料の束を机の上に放り投げた。

「すぐにわかるだろうから言っておくが、俺はヘッドハンティングされたんだ——Yamagata.DesignStudio にな？」

「！」

膝に置いた穂高の手がぴくっと震えた。

(飯塚さんが Yamagata.DesignStudio《あそこ》 に!?)

「久々にコンペに出る山形有美子とペアを組めるデザイナーがいなくてな？　そこで俺に白羽の矢が立ったってわけだ。HODAKA と違って、俺の実力を正しく評価してくれたよ」

有美子さんと飯塚さんがペアを組む……って……

話が急すぎて付いていけない。

「まあ、それを見てみろ。俺達のチームで出すデザインを特別に教えてやるよ」

「これ、はっ……！」

ページをめくった穂高が絶句する。私もひゅっと変な息を吸った。

半円の形をしたビルを重ね、まるでつぼみが綻《ほころ》びかけた花のように見せるデザイン。そう、この見慣れたデザインは——！

思わずばんと両手で机を叩き、腰を浮かせて前のめりになる。

「これ穂高のデザインじゃないですかっ！　どうして飯塚さんが」

飯塚さんが片眉を上げ、にいと嗤《わら》う。

「何言ってるんだ、三森。お前が俺に渡したんだろ？」

「は？」

何言ってるんだ、この人は。眉を顰《ひそ》めた私を見据えて、飯塚さんがからからと高笑いをした。

「いい気味だな、穂高。お前が山形有美子にかかり切りになっていたこと、三森も知っていたのさ。女の恨みってのは怖いなぁ。お前が山形有美子との関係を隠していたこと、あの一階に飾っているデザイン画がお前の作品だって黙っていたこと、腹に据えかねたんだとさ。俺が退職した日、あそこで俺と話しただろうが。なあ三森？」

「何言ってっ！」

有美子さんとの関係も、あのデザイン画のことも、隠されていたという事実には、確かに心を抉《えぐ》られた。でも、だからって！

(あの時、周囲に人はまばらだったけど、誰かに見られてた!?)

私が穂高と有美子さんに嫉妬《しっと》するあまりに、穂高のデザインを盗んで嫌がらせしようとしたって言ってるんだ、この人はっ！

(穂高はっ)

ぱっと右側を見る。穂高は全く姿勢を崩さず、脚を組んで平然と飯塚さんの言葉を聞いていた。

「お前が山形有美子と会っている間に、俺が三森からデザインを受け取った。ああ、だがな、俺が受け取ったのはあくまでコンセプトだけだ。デザインそのものだと、盗用になるからなあ？」

「くっ……！」

「これは山形有美子がデザインしたものだ。穂高は彼女に従事していただけあって、デザインの傾向が彼女に似通っている。だから、若干似たデザインになっても不思議じゃない」

(こんな言い訳を用意してたなんて)

デザインの盗用はもちろん犯罪だが、デザインの元となったコンセプトに関しては盗用とはならない。それにこのデザイン画、穂高のと全く同じじゃない。似ているけど微妙に変えている。

穂高のデザインを見慣れた私なら、すぐ盗用されたとわかる。でも、師弟関係にあった二人が似たデザインを出した、だったら通用するかもしれない。しかも、発表順はあちらの方が先——不利なのはこちらの方だ。

「穂高も三森とペアを組んだのが間違いだったな。他の人間なら、こんなに脇が甘くなかったかもしれないが」

(脇が甘いって……まさか……)

完徹した日。コンビニに買い物に行って戻ってきたら、ちょっと違和感を覚えたことがあった。

まさかあの時、会議室の鍵をかけ忘れていた!?

(デザインが盗まれたの……私のせいだ……！)

さあと血の気が引く。多分飯塚さん達は、穂高のデザインを狙って隙を窺《うかが》ってたんだ。完徹で頭がぼーっとした私しかいなかったあの日は、絶好の機会だっただろう。そのせいで穂高のデザインが……っ！

あれだけ一生懸命検討した案が、全て無駄になってしまう？

心臓が握り潰されたかのような圧迫感に、息が吐けない。ひゅ、ひゅと詰まった音が唇から漏れた。

「言いたいことはそれだけですか？」

罪悪感に圧《お》し潰されそうになった、その時。穂高の声が決然と割り込んできた。

「ほだ、か」

「香苗、座った方がいい」

落ち着いた声に強張りが解けた私は、すとんと腰を下ろす。何も言えない私をちらと見た穂高は、真っ直ぐに飯塚さんと向き合った。

「香苗がそんなことをするわけないでしょう。香苗は人一倍不正に怒りを覚えるタイプだ。今まであなた達が俺を陥《おとしい》れようと様々な噂《うわさ》を流した時でも、彼女は一度だって俺を疑ったことはなかった。……俺も同じです」

一呼吸置いた後、穂高は口端を上げた。その笑みに薄らと恐怖感を覚えたのは、何故だろう。

「俺が香苗を疑うなんてことは、決してない。あなたにしてみれば、俺が香苗を疑うように仕向け、有美子さんとペアを組んだと揺さぶりをかけて俺達のコンディションを崩し、コンペを滅茶苦茶にしてやろうとでも思ったんでしょうが……逆効果でしたね」

静かに微笑む穂高に、この場が支配されている。さっきまでへらへら笑っていた飯塚さんの顔色が、徐々に悪くなっていく。

「香苗を傷付けた報いは受けてもらいます、とだけ言っておきましょう。どうぞそのデザインで発表すればいい。俺は気にしません」

飯塚さんが資料を乱暴に奪い去り、ビジネスバッグに仕舞い込む。そのままソファから立ち上がった彼は、穂高を憎々しげに睨《にら》み付けた。

「ちっ……！　痩せ我慢もいい加減にしろよ、穂高。もうお前らには打つ手がない。コンペまでの一週間、せいぜいあがいてみせるんだな」

足音荒く飯塚さんが出ていく。その後ろ姿を見送った穂高は、素知らぬ顔でコーヒーカップを右手で持ち上げ、一口飲んだ。

「……穂高、ごめん……穂高のデザイン盗まれたの、私のせいだ……っ……」

掠《かす》れ声で頭を下げた私の髪の毛が、くしゃりと乱された。

「気にするな。元々俺に恥をかかせるために、こんなことをしてるんだ。もし香苗の案が盗まれていたなら、容赦しなかったんだがな」

「え？」

私が頭を上げると、穂高はさっきまでの冷え冷えした笑みではなく、甘く蕩《とろ》けるような笑みを浮かべていた。

「あいつ、わざと一週間前に知らせて、焦るだけ焦らせて自滅させようとしてるに違いない。盗まれた時、香苗の案は未完成だったんだろ？　ならそちらが流用される可能性は低い。……だから」

にやりと笑った穂高の顔が、悪の御代官様に見えたのは何故だろう。

「香苗。この一週間で全て仕上げて——ああ、そうだ。発表も香苗がした方がいい。急いで原稿を検討しよう」

「え」

もう「え」としか言葉が出ない。固まった私の両手が、穂高の両手に包まれる。触れ合った肌から感じる体温が、少しずつ私の気持ちを正常に戻していく。

「あいつらに負けるのは嫌だろう？　俺達で見返してやるんだ」

「そ……」

「香苗の案なら勝てる。二人で頑張ろう」

その言葉が、私の負けず嫌い精神に火を付けた。

（穂高……！）

「そうだよね！　今から頑張れば間にあう！　あんなデザインを盗むような卑怯な奴らになんか、ぜーったいに負けないいんだから！」

がばっと立ち上がり、エイエイオーと拳を上げる私を見ながら、優雅にコーヒーを嗜《たしな》んでいる穂高なのだった。

＊＊＊

……そこからの一週間は地獄だった。何度原稿の読み合わせをしたのか、何度スライドの順序を入れ替えたのか、何度微妙な色合いを調整したのか、もう覚えてない。

会議室に寝袋を持ち込んだ時は、穂高にビミョーな顔をされたが、段ボールを敷いて寝るよりまし、で押し通した。おまけに穂高まで寝袋を持参するようになり、資料だらけの会議室で寝る二人の図は、冬子に言わせると『ちょっと信じられない』風景だったらしい。

穂高は相変わらずオカン気質を発揮し、食べ物やら飲み物やらマッサージやらを存分に提供してもらった。喉が乾燥すると発表に差し障《さわ》るからって、寝る時に着ける濡《ぬ》れマスクやらマヌカハニー入りの飴やらまで用意してくれた。本当よく気が付くよね……

「後で返してもらうからな？」

と黒い笑みを浮かべていたところが、少し怖いんだけれど。

とにかく今は集中だ。

（全部終わったら）

全部終わったら、私の想いを全部ぶつけて、それで玉砕したって構わない。穂高と一緒に全力で走り抜くんだ。

自分の全てをデザインに詰め込んだ。穂高の全ても一緒に詰め込んだ。何度も何度も発表の練習をした。

(だって私達のペアは——最強なんだから!)

最初で最後かもしれない穂高とのペア。最強だってことを証明してみせる。絶対に、あんな卑怯な真似をした奴らになんて、負けない!

そうしてあっという間に時間が過ぎ……コンペ当日となったのだった。

7　ロミオとジュリエットじゃなかった⁉

「ここで発表かあ」

市民会館の小ホール。三十人ぐらいが入れるスペースの会場に座る審査員は十名ほど。発表の様子は録画され、編集した後でSNSに投稿、それから市民に投票を募るのだそうだ。

審査員とは別に、参加チームメンバーも発表を見ることができる。発表が後のチームは前のチームの様子を見て微調整できるようにしているんだろう。私と穂高も、真ん中あたりの席に並んで座り、発表を待っていた。

「香苗、今日は寝ろよ?」

ファンデで隠しきれない目の隈《くま》を見て、穂高がそう囁《ささや》く。右隣に座る穂高は、黒のスーツを颯爽《さっそう》と着こなし、相変わらずの御曹司スマイルだ。なんで同じ時間しか寝てないはずなのに、穂高への

ダメージは少ないの⁉　おかしくない⁉

「わかってる。今更焦らないで、今日はコンディションを整えるから」

そう言う私も、今日は黒のジャケットに白いブラウス、黒のパンツという礼服に近い格好。ジャケット左胸に付けた淡いピンクのコサージュが、モノクロの色合いに華を添えている。


数分後、暗かった正面舞台にスポットライトが当たり、ファンファーレが鳴った。

「皆様、お待たせいたしました。それではこれより○○駅前再開発、デザインコンペティションを開催させていただきます」

現れた黒スーツの司会者の声とともに、私は背筋を伸ばした。コンペの目的や審査員の紹介、審査方法についての説明の後……各チームの発表が始まる。


「凄い……」

私は今の状況も忘れ、発表に夢中になっていた。やっぱり会社が違うと、得意分野が違う。デザインも色んなコンセプトがあって面白い。思わず前のめりで見てしまう。

（未来都市をイメージした案も、カッコよかった。子どもに受けそう）

デザインに夢中になっている間に、いよいよ一日目最後のチームの発表となった。舞台に上がるのは、飯塚さんと知らない男の人が二人。そしてスクリーンに、あのデザイン画が映し出される。

それだけで、胸がむかむかしてきた。

蓮《はす》の花を横から見たようなビル。それに合わせて駅前ロータリーを広げ、人も車もゆったりとできる面積を確保する。蓮《はす》の花が咲く池……それを駅前に展開する。

飯塚さんがスラスラとデザインについての説明を行う。何よ、コンセプトなんて穂高のものそのまんまじゃない！

ほう、と感嘆の声が会場から上がるのが忌々《いまいま》しい。あれは穂高に対してのものだったはずなのに！

くっと唇を噛み、隣を見ると、穂高は至って冷静な横顔だった。怒りも悲しみもなく、ただただ淡々としている。

「……？　ねえ穂高。チームメンバーの中に山形有美子さんの名前がないわ」

私は穂高の袖を引っ張った。あの時、飯塚さんは『有美子さんとチームを組む』と言っていたのに、メンバー紹介の中に有美子さんの名前がないのだ。

「それはそうだろう。今有美子さんをあの場には出せないからな」

穂高の瞳が暗く光る。腕を組んだ彼が冷たく微笑んだ。有美子さんのこと、何か知っているんだろうか。少しだけ胸が痛んだ。

そうこうしているうちに発表は終わり、場内は盛大な拍手に包まれた。もちろん私達は拍手なんてしない。飯塚さん達が舞台を降りた後、二人揃って席を立つ。

「明日の発表に全力を尽くすぞ。あいつらを超えてやる」

「もちろん！」

私と穂高はぐっと拳をぶつけ合い、会場を後にする。

(明日、全てが決まる)

私の心は不思議と凪《な》いでいた。隣にいる穂高の左腕に右腕を絡めてみる。穂高がびっくりしたように私の顔を覗き込んだ。

「……ちょっとパワーが欲しいの。穂高は発表上手だから」

「そうか」

穂高の瞳が優しく揺れ、彼のコロンの匂いが鼻をくすぐる。絡めた腕にぎゅっと身体を押し付けて、穂高の体温を感じ取ろうとした。穂高も心なしか、いつもよりゆっくり歩いている気がする。

腕を組んだだけで、心がぽかぽかと温かくなって、幸せで――

「頑張ろうね、穂高」

「ああ」

私は会社に戻るまで、ずっと穂高の腕を離さずにいた。二人で腕を絡め合って、ときおり鼻をくっつけて笑って。それはまるで、普通の恋人同士のような振る舞いで、幸せで胸が痛くなった。

明日は全力を尽くそう、信じてくれた穂高のために。それでちゃんと穂高に告白して……

私は少しだけ胸の奥に残った痛みの欠片《かけら》ごと、明日へのパワーに置き換えることにしたのだった。

＊＊＊

「……ではエントリーナンバー三十六。HODAKA DESIGN COMPANYの三森香苗さん」

「はい！」

私は大きく息を吸って舞台に上がる。映写機の近くにいる穂高と目が合うと、彼はぐっと親指を立てた。

暗がりの会場のどこかに、飯塚さんもいるだろう。でももう、気にならない。私は私でベストを尽くすだけ。

上着のポケットの上に右手を当てる。そこには、あの時神社で買った御守りが入ってる。穂高のポケットにも入っているはずだ。私は息を整え、スクリーンを見上げた。

正面スクリーンに映し出されたのは、私がデザインした外観図。朝の光の中、他のビルと並んで建っている姿。そう、形は普通のビルと一見同じなのだ。

「私達のコンセプトは伝統との融合です。――この地域に住む方達に馴染《なじ》みの深い神社をモチーフにしました。この地を古くから見守ってきた神を祀《まつ》るお社《やしろ》。そのモチーフは」

ぱっとスクリーンが切り替わるのと同時に、会場にどよめきが走る。

――そこに映っていたのは、夕日に照らされて、青海波《せいがいは》模様が浮かび上がるビルの画だった。そう、あの神社から見たイメージ画なのだ。神社に行ったことがある人なら、すぐにわかるはず。

「レリーフとすることで、光の加減で模様が浮かび上がります。また、ビルの窓の光の色を変えても、趣《おもむき》ある雰囲気となります」

私が目指したのは、あくまで形は普通だけど、光が当たることで真価を発揮するビルだ。これなら、ビル自体の形に変化を付けるよりはコストも低いし、メンテナンスだって楽だ。

「混雑を避けるために立体駐車場を複数設《もう》け、どちらの方角から来ても駐車しやすいようにします。そして内観は――」

またどよめきが走る。そう、穂高が担当した内観案は、曲線中心の優しいイメージとなっていた。エレベーターもエスカレーターも、階段も廊下も広く幅を取り、親子連れでも安全に行き来できるようになっている。ビルの中には保育所もあり、買い物中に預けることも可能だ。そこもちょっとした室内遊園地になっていて、楽しく遊ぶ子どもの声が今にも聞こえてきそうに感じる。

中央にある大きな吹き抜けは開放感抜群で、ミニコンサートが開けるスペースまである。ビルとビルとの間にあった横丁スペースももちろん確保している。昔ながらのレトロな雰囲気の中、食事を楽しめるようにした。買い物も、遊びも、食事も、ここに来れば全てが揃う。

外観が普通な分、内観は思い切り冒険した。とはいえ、実用性も重視しているから、使い勝手が悪いことはないだろう。

「……かつてここは、市民の皆様が集まる場所でした。もう一度、ここに皆様の笑い声が、足音が響くようなビルにしたい。それが私達の願いです。……ご清聴ありがとうございました」

そう言って頭を下げるのと同時に、わっと歓声が上がった。大きな拍手が会場に響く。良かった、受け入れられたんだ。

もう一度お辞儀をして、拍手の中を舞台から降りる。そこで待っていてくれた穂高の腕の中に、思わず飛び込んだ。

「香苗、凄く良かったぞ。ここを良くしていきたいという香苗の想い、しっかりと伝わった」

「ありがとう、穂高」

ぎゅっと抱き締められて、やっと力を抜くことができた。他の参加者達も寄ってきて、良かったと口々に言ってくれる。

お礼を言いながら、ひとまず会場の外へと出る。次もうちの会社の発表だけど、私の喉がカラカラなのに気付いた穂高が、休憩所まで連れていってくれたのだ。

「ふう……」

穂高が買ってくれたスポーツ飲料を一気飲みした私は、のびーと机の上に伸びた。

「お疲れ様」

ぽんと私の頭の上に大きな手がのる。ああ、全力を出し切った。

「ありがと。……これでどういう結果が出ても、後悔しないと思う」

「そうだな」

頭を上げて、隣に座る穂高と微笑み合う。心地良い疲労感に浸《ひた》っていると、乱暴な音を立ててドアが開いた。

「お前らっ……なんだ、あの案はっ！」

息を切らしているのは、走ってきたからなのか。血相を変えた飯塚さんが私を睨《にら》み付けている。

すっと穂高が私の目の前に立った。

「なんだも何もないでしょう。俺達の案ですよ」

「いっ、一週間で一からあそこまで、仕上げられるわけないだろうがっ！　隠してたのか!?」

「隠してたなど心外ですね。おそらく会議室から盗んだデータの中にも、あのデザイン画は入っていたはずですが？」

「くっ」

飯塚さんの目が不審な動きをしている。

「……もっとも、未完成で形が普通のビルと同じ、というだけで捨てたのでしょう？　それで正解ですよ、飯塚さん」

穂高の声が一気に低くなった。

「もしあなたが……香苗が発表したデザインの方を使っていたら、二度とこの業界でやっていけないようにしたでしょうからね」

穂高の顔は見えないけれど、背中から立ち昇る気配が黒すぎる……っ！　飯塚さんの顔もどんどん歪《ゆが》んでいく。

「ヘッドハンティングされたんでしょう？　なら、あの会社で頑張ってくださいね。これからどこまで頑張れるのか、不明ですが」

「っ！」

じろりともう一度穂高を睨《にら》み付けた飯塚さんは、何も言わないまま慌ただしく立ち去った。乱暴にドアが閉まった後、穂高は溜息をついて私の隣の椅子に座った。

「ねえ、飯塚さん達が選ばれる可能性もあるんだよね、悔しいけど」

だってあれは元々、穂高の案だ。人目を惹くデザインだったことには違いない。

「ああ、その可能性はあるが、辞退することになるだろう」

「へ？」

穂高のセリフに目が点になる。穂高は唇を歪《ゆが》めながら話し始める。

「あのデザインを実際に建築するとなると、精密な構造計算が必要になる。それができるデザイナーは、あそこには有美子さんしかいない。だが」

あああ、悪代官様の笑顔が復活してる……！

「もう有美子さんはいないから、Yamagata.DesignStudioがデザインを受注することはできないだろうな」

「え？　いない、って……」

だってあそこの筆頭デザイナーで社長令嬢じゃない！　いないってどうして。

穂高の眼差しが変わった。私は生唾を呑み込んだ。

「昨日まで有美子さんは、俺の実家にいたが」

「……はぇ？」

間抜けな声が出てしまう。え、有美子さんが穂高の実家に……って……

ずきんと心臓が痛くなる。

「やっぱり穂高は――」

「最後まで聞いてくれ」

私の疑問は穂高の声に速攻で搔《か》き消された。

「今頃、父さんと海外に向かっている途中だ。……多分二人は結婚することになると思う」

「……え……」

何を言われたのか、一瞬理解できなかった。え、穂高のお父さんって……え、え、え、？

「えええええっ!?　しゃ、社長とっ!?」

思わず大声が出た。

「え、だって、社長って穂高のお父さんでしょ!?　それに有美子さんのお父さんの山形哲司って確か社長と同期じゃ」

「ああ」

驚きのあまり、顎《あご》が外れそうだ。目を見開いた私に、真面目な顔をした穂高が言う。

「有美子さんは元々父さんに憧れてデザイナーになったんだ。従事していたこともあるから、有美子さんのデザインも父さんに似たところがある。だから、俺と有美子さんのデザインが似てるのもそのせいだ」

「……で、でも山形社長とうちの社長って犬猿の仲で」

前髪を搔き上げながら穂高が話す。

「あれは、山形社長が父さんに恨みを持っているからだ。彼と父さんは、死んだ母さんを取り合った仲らしくて」

「は」

「母さんが父さんを選んだ時から、目の敵《かたき》にされてるんだ。わざわざ同じデザイン業界に入ってきたのも、父さんに対抗するためだと聞いている」

「へ」

何それ。長年いがみ合ってたの、それが理由⁉

「それなのに、一人娘の有美子さんが父さんのことを好きになっても、彼が許すわけないだろ？」

「……」

ちょっと待って。じゃあ、有美子さんが好きなのは穂高じゃなくて。

（……社長ってこと⁉）

ロミオとジュリエットじゃなく、ロミオ父とジュリエットだったわけ⁉

頭が混乱してきた。額に手を当てて考え込むと、穂高も「まあ、すぐには信じられないよな……」と呟いた。

「かつて有美子さんに告白されて、父さんは断っているんだ。その時うちは公共の大型案件を抱えていた。有美子さんは他に婚約者がいた。スキャンダルを起こして、社員の生活を危険にさらすわけにはいかないし、年齢差のこともある。それに……」

穂高の瞳が暗くなる。

「その頃、俺は有美子さんのことを好きだった。多分、父さんもそれを知っていたんだろう」

胸が……重苦しくなった。やっぱり穂高、有美子さんのこと好きだったんだ……

「それってもしかして、あのデザイン画を作った頃のこと？」

痛みを隠してそう聞くと、「やっぱり香苗にはわかるんだな」と苦笑された。

「そう、あの作品は有美子さんのことを想って作り上げたものだ。あのデザインで受賞したら告白しようと頑張って……受賞後に有美子さんを捜して、その時に彼女が父さんに告白しているところに出くわしたんだ」

今、穂高は穏やかな表情をしているけど、あれほど好きだった人に振られて、どんなに悲しかったんだろう。その悲しみが、私の胸の中にまで溜まっていく気がする。

「俺はさ、香苗。いつも父さんと比べられてきた。同じデザイナーを目指すのだから、それは仕方ないと諦めていた部分もある。だが、父さんばかり注目されて、俺自身のデザインを見てくれる人はいなくて、少しずつ心に穴が開いていたんだと思う。有美子さんは、初めて『父さんと俺のデザインは違う』と言ってくれた、心の空虚さを埋めてくれた人だったんだ。でも……有美子さんが見ていたのは『父さんのデザイン』だった。だから俺と父さんの区別ができた。そのことに気が付かずに彼女を好きになって……そして失恋した。許されない恋をしたんだと、あの作品も無駄だったんだと絶望して」

淡々と話す穂高の声。それが堪《たま》らなく悲しくて切なくて、胸にぎゅっと右拳を押し当てた。

「だから、香苗が『あんなに素敵な作品を生み出したのだから、素敵な恋だったのに違いない、世界中の誰もが否定しても、私が肯定する、あなたの恋は素晴らしかったって！』って言ってくれた時……俺は救われたんだ」

「……わたし、が？」

今も全く思い出せないあの夜の思い出。「ああ」と頷いた穂高がすっと私の身体を抱いた。

「たとえ報われなくても、無駄に終わっても、彼女を好きになった気持ちは俺にとって大切なものだったんだ。それを半ばやけくそになって否定していた俺に、活を入れてくれたのが香苗だ。俺があのデザインを作った人間だとも知らず、父さんの息子だとも知らず、そんな香苗が俺の気持ちを大切にしてくれた。その言葉が……乾いた俺の心に沁《し》み込んで……俺は」

穂高の唇が私の左頬に触れる。

「……香苗に堕ちたんだ。失恋したばかりだというのに、名前も知らない香苗と新たな恋に堕ちていた。今すぐ香苗に溺れたくて、あの夜――」

そこで穂高は言葉を切り、私の両肩をむんずと抱いて身体を離した。目と目で通じ合う距離感になる。

「……なのに翌朝、何も言わず逃げられた俺の気持ちがわかるか？」

「うぐっ」

急に穂高の声色が変わった。怖い。

「半年ずっと捜し続けて、見つからなくて……ようやく諦めた頃には、俺はすっかり女性不信になっていた。もう次の恋はできないだろうと、そう思っていたら」

「……ごめん」

入社式に、全く覚えていない私がいたんですね、すみません。

ふっと穂高が遠い目になる。

「香苗が全く覚えていないと知らなかったから、わざと忘れたフリをしているとばかり思っていた。俺がこんなにも焦がれて捜し続けたのに、何もなかったような顔をしてる香苗が許せなかった」

身の置き所がない。どうしよう。でも逃げられないし。

「……ハイ、ゴメンナサイ」

俯《うつむ》いた私の額に、こつんと穂高の額が当たった。

「それでも……香苗が俺に突っかかってきて、デザインを競い合って……それが凄く楽しかったんだ。そして同期達が俺のことを贔屓されてると陰口を叩いた時、香苗は真っ向から否定してくれただろ？　贔屓なんかされていない、俺の実力だと」

「だって、本当のことじゃない」

穂高の瞳に星が見える。キラキラ輝いていて、とても……綺麗。

「穂高はいっつも澄ました顔で、私よりもずっと先に行ってて、いつだって悔しかったけど、穂高の実力も努力も、全部本物だってすぐにわかるもの。あんなの、言いがかりをつけてる方が悪い」

そう言い切ると、穂高の笑みが深まった。

「……ああ、そうだな。香苗はいつだって真っ直ぐぶつかってきてくれた。それが俺にとって、どんなに……」

笑みの中に縋《すが》るような表情が混ざる。

「……だから俺は、また香苗に堕ちた。好きで好きで堪《たま》らなくて、でもあの夜のことを無視されていて問い質《ただ》すこともできず……ただ香苗にライバルとして認識してもらうことしかできなかった」

「……」

冷や汗が背中に流れる。

『あいつ拗《こじ》らせてるからさあ』

ふいに山田くんの声が聞こえた。あれって、こういう意味……？

「そんな中、ペアを組むことになって——本当に推薦してくれた竹田課長には感謝しかない。一緒に過ごすうちに俺のことを意識してもらおうと思っていたら」

「……私が全く覚えてないってことに、気付いたんだよね……」

そういえば、現場を二人で見に行ってから、ビミョーに態度が変わった気がする。

「ああ。だから遠慮するのはやめた。飯塚さん達を口実に香苗と付き合うことにして、周りから固めて、身体を堕とせば、もう逃げられないだろうと思っていた」

「……」

なんかさらりと凄いこと言われてない、私!?　穂高の目付きもなんだか……違和感が……？

「だが」

すっと穂高が目を細める。ぞわぞわと身体を走る悪寒《おかん》。あ、これは嫌な感じが。

「香苗、逃げようとしてたよな？　コンペが終わったら」

(げ、なんでバレてるの!?)

ぎくっと肩を動かしてしまった。穂高の指が肩に強く食い込む。

「言っておくが、無駄だぞ。二度と逃がすわけないだろう。どうしても逃げたいというのなら」

――ああ。穂高が悪魔の笑みを浮かべている。

「監禁して、香苗が諦めるまで抱き潰して、とっとと孕《はら》ませる。一分おきに愛してると呟いて、他の言葉は耳に入れないようにする」

「いやあの、ちょっと待って⁉」

ヤンデレだ！　穂高はヤンデレだった！　私は慌てて、両手を穂高の胸に置いて突っ張った。

「あ、あのねえ！　私は！」

こほんと咳払いをして、なんとか言葉を絞り出す。

「その、ずっと穂高のことはライバルだとしか思ってなかった。あの夜のコトは、何も覚えてなかったから、忘れようとしてた。それに」

穂高と有美子さんが連れ立っている写真が目に浮かび、また胸の奥が痛くなる。

「穂高がゆ、有美子さんって呼ぶ声が優しかったし、飯塚さんから穂高と有美子さんが一緒にいる写真を見せられて、あんなに綺麗で才能豊かな大人の女性に敵《かな》いっこないって思い込んでた。だから」

すうと大きく息を吸い込む。

「……穂高に好きだと言われても、い、一緒に夜を過ごしても、どうしても信じられなかった。だってあの夜のコト、思い出せないんだもの。どうして穂高が私を好きになってくれたのか、全然わからなかったんだから。それでも有美子さんのことは過去で、今は私と付き合ってるんだからって思ってたら」

……あの時の痛みはまだ胸に残っている。

「……あのデザイン画が穂高の作品だって知った。有美子さんが着ていたセーターの色とデザイン画の差し色が同じ色だって気が付いて、あんなに素敵な作品を作るぐらいに有美子さんのこと好きだったんだって思ったら……それに穂高は私に何も言ってくれなかった。知られたくないんだ、まだ有美子さんのことが好きなんだって」

視界が霞《かす》む。熱い塊《かたまり》が喉までせり上がって、声が掠《かす》れる。

「だって、敵《かな》わないじゃない。あんなに大切にしていた想いに敵《かな》うわけないじゃない。あの作品の素晴らしさは私が一番よく知ってる。それを作り上げた想いよりも自分を好きになってもらえるなんて、とてもじゃないけど思えなかった」

「香苗」

「ねえ、穂高」

私は穂高の瞳を覗き込んだ。そこに映る自分は、泣きそうな顔をしている。

「どうして穂高は、自分があの作品を作ったんだって言ってくれなかったの？　それに有美子さんから連絡があったら、どうしてすぐに駆け付けてたの？　それから」

全部聞いてしまおう。お腹に抱えていた疑問も全部。

「……有美子さんのこと、忘れられるの？　私のこと好きだって言ってくれた言葉を疑ってるわけじゃない。だけどその好きと、有美子さんへの好きは、違うんじゃないの？」

穂高の手がゆっくりと背中に回る。またぎゅっと抱き締められて、息が苦しい。

「……そう聞いてくるのは、香苗が嫉妬《しっと》してるから？」

そんな質問するなんてズルイ。

「……そうだよ、悪い⁉」

離れようともがいても、離してくれない。穂高の左頬が私の右頬に摺り寄せられる。

「嬉しいよ、香苗が俺のことで嫉妬《しっと》してくれるなんて。今まで俺ばかりが香苗を好きで、香苗は俺のこと、そこまで好きじゃないと思っていたから」

心臓の鼓動が伝わってくる。これは穂高の？

「……あのデザイン画のことを言えなかったのは、気恥ずかしいというのもあるが、香苗に有美子さんのことを知られたくなかったからだ。覚えていないだろうが、あの時香苗は壁の差し色を見て、すぐに『好きな人のために作ったデザイン』だと見抜いたんだ。ならあれが俺の作ったものだとバレたら、有美子さんを想って作ったことがバレてしまう。そうしたら、香苗は俺から離れようとするかもしれない。それが嫌だった」

穂高の声も僅《わず》かに震えて掠《かす》れている。

「有美子さんのことは、憧れも入っていた。綺麗な大人の女性で、俺と父さんを別に見てくれて。あのデザインは、その想いを込めたものだ。……香苗には」

息継ぎをした穂高の口から零《こぼ》れた言葉は——もの凄く、重かった。

「香苗への想いは全く違う。もっと激しくて強くて、香苗が俺を避けようとするなら、閉じ込めて壊してしまいたいぐらいに愛してる。俺はもう、香苗なしでは生きられないんだ。それに」

穂高の唇が私の唇に重なる。その後、頬をぺろりと舐められた。いつの間にか零《こぼ》れた涙を、穂高の舌が舐め取っていく。

「このコンペみたいに、香苗とは一緒にデザインを作り上げていきたい。有美子さんのためにデザインを作った時とは違う。俺の気持ちを一方的に形にしたいんじゃない。香苗と一緒に、二人の気持ちを形にしたいんだ」

（穂高……）

ずっと支えにしてきたあの家のイメージが薄らいでいき、さっき発表したデザインに置き換わる。穂高は、私と一緒に、二人で歩いていきたいと言ってくれたんだ。

（有美子さんへの純粋な好意とは違う。もっとどろどろしていて、綺麗なんかじゃなくて、情けなくて。それでも）

「その、有美子さんのことだけど、一度断った社長が今回は受け入れたってこと？」

「ああ」

穂高の表情に影が差す。

「有美子さんは、Yamagata.DesignStudio に融資していた銀行の頭取の息子と結婚した。だが、地元の名家だった嫁《とつ》ぎ先は有美子さんを認めず、デザイナーとしての活動も辞めさせたんだ。この家の嫁が働くなんてみっともない、とな」

「なっ！」

顔が強張る。あんな有名デザイナーに対して、何その態度⁉

「おまけに夫には複数の愛人がいて、婚家で針の筵《むしろ》状態だった有美子さんを放置。有美子さんは何度も山形社長に離婚したいと言ったらしいが、融資元ということもあり認めてもらえなかったそうだ」

「……」

「おまけに、有美子さんはゴーストデザイナーをさせられていたんだ。山形社長は会社経営の手腕はあるかもしれないが、デザイナーとしては鳴かず飛ばずだった。娘の有美子さんがデザイナーとしての活動を止められたのをきっかけに、有美子さんの作品を自分の作品として公表するようになった」

「！　まさかここ数年、有美子さんがスランプだっていう噂《うわさ》は」

「自分の身代わりをさせるための嘘だ。有美子さんが同時にデザインを発表すれば、すぐにどちらが本物かがバレてしまうだろ？」

「なんてことをっ！」

自分のデザインを奪われるなんて。それも実の父親に!?　同じデザイナーとして、沸々と怒りが湧き上がる。目の前にそのクソ親父がいたら、ぶん殴ってるところだわっ！

「……有美子さんから連絡があっただろう？」

「あ」

コンペ前だというのに、穂高が慌てて出ていった日。あの時、やっぱり有美子さんのことが好きなんじゃないかと思って、切なくなった。

「あれは、有美子さんがどうしても我慢できなくなって家を飛び出した、という連絡だった。その前にも、俺に伝えたい話があると言われて会ったことがある。本当は父さんに相談したかったんだろうが、山形社長は父さんのことを執拗《しつよう》に嗅《か》ぎ回ってた時期もあるからな。直接会えば、迷惑がかかると思ったらしい」

（もしかして、それがあの写真？）

あの時、有美子さんは穂高に相談したかったことがあったの？

「伝えたい話、って」

穂高のオーラが黒く濁る。

「今回のコンペで俺を潰すつもりだってことだった」

「潰す⁉」

何それ、潰すって⁉

（！　まさか）

いやらしく嗤《わら》う飯塚さんの顔が目に浮かぶ。

「私、飯塚さんから穂高と有美子さんが一緒にいる写真を見せられたの。その時、飯塚さんはYamagata.DesignStudio の近くに行ったたって言ってたけど、その時に？」

穂高がゆっくりと頷いた。

「ああ。俺がコンペに出ることは知られていた。有美子さんは、とあるデザインを改竄《かいざん》し、彼女がデザインしたことにしろと山形社長に言われたらしい。その話が飯塚に行ったんだろうな。俺のデザインを盗んでこいと」

「ヘッドハンティングって、それ？　馬鹿にしてるの!?」

穂高のことも、有美子さんのことも馬鹿にしすぎている。デザイナーとしての矜持《きょうじ》ってものがないの!?

「そう言われて、すぐに俺のデザインが標的になっていると気が付いたんだそうだ。俺と有美子さんのデザインは傾向が似ている。だから、俺のデザインを基《もと》にしても、有美子さんなら違和感なく改造できると思ったんだろう」

コンペの話が出た時から、穂高のデザインを狙ってたんだ。だから、会議室にわざわざ顔を出して、こっちを苛つかせる態度を取って、チャンスを窺《うかが》ってたんだ。

「有美子さんは父親を油断させるために、一旦はその話を承諾した。隙を見計らって俺に連絡をくれて——俺から父さんに事の経緯を報告した。今まで父さんは、有美子さんと距離を置こうとしていたようだが、さすがにゴーストデザイナーをさせられていた話を聞くと、彼女を保護すると決意した。彼女のデザイナーとしての才能を潰してはならない、そう言ったんだ」

「さすが社長、カッコいい……！」

温厚でジェントルマンで、しかもデザイナーとして超一流。おまけに、いがみ合ってる相手の娘を救おうとするなんて。

「私、この会社に就職して本当に良かった！」

……あれ？　穂高の眉間に皺《しわ》が。

「父さんだけか？　俺は？」

じろっと私を睨《にら》む穂高。私は慌てて右手を振る。

「ほ、穂高はもちろんカッコいいよ！　色々頑張ってたんだし」

彼のジト目がようやく普通に戻る。やれやれと密かに息を吐いた。

「今回父さんの海外出張が長引いたのは、有美子さんの留学先を探すためだ。今の夫とは浮気を理由に離婚できても、また政略結婚しろと言われかねない。だから、ひとまず山形社長の手の届きにくい場所に避難することにしていたんだ――だが」

穂高の顔が嫌そうに歪《ゆが》む。

「飯塚が有美子さんに迫ったらしい。俺のデザインを一緒に改造しよう、そうすれば山形社長にも二人のことを認めてもらえる、とか言って。有美子さんと結婚すれば俺を見返すことにもなるし、社長にもなれると思ったんだろうな。すぐにでもホテルに連れ込まれそうな勢いだったらしい」

「はあっ!?　そんなの最低！」

あの男、本当に屑《くず》だった！　やっぱり我慢せず殴っとくべきだった！

「それで有美子さんは予定より早く、スマホだけ持って逃げ出したんだ。彼女から連絡をもらった俺は、有美子さんを実家にかくまった。父さんもいないし、オートロックのマンションだから山形社長や飯塚と出くわす心配もない。俺は別の場所に住んでるから、有美子さんの代わりに色々と動いていたんだ」

あの早く帰宅していた間、穂高は有美子さんのために働いていたんだ。

「……有美子さんはコンペ直前に無事離婚できた。夫の浮気の証拠がぼろぼろ出てきて、『裁判沙汰にされたくなかったら離婚に応じろ』ですぐに応じたようだ。まあ向こうも銀行関係者だからな、スキャンダルにしたくなかったんだろう。それから」

穂高が大きく息を吸う。

「父さんが戻ってきて、有美子さんと三人で話し合って……コンペで決着を付けることに決めたんだ。俺のデザインを盗みたいなら、盗ませてやろうと。何しろ俺には」

ぐいと穂高に引き寄せられた私は、分厚い彼の胸に顔を埋めていた。ぎゅっと抱き締められて、穂高の心臓の音まで聞こえる。

「頼りになるパートナーがいたから。香苗のデザインで勝負できると信じていたから。……香苗に何も言わなかったのは悪かった。だが、香苗は隠し事ができず、すぐ顔に出るだろ？　有美子さんのことを言えば、飯塚達を殴りに行くんじゃないかと心配だったんだ」

「はは、は」

うん、さっきまさに拳を握り締めてました。

「そんなに顔に出るの、私？」

「……ああ」

穂高の左手が私の右頬に当てられた。長い人差し指が頬を撫で、唇の方へと下りていく。

「正直なところは香苗の良いところだ。怒っても笑っても、香苗は可愛い。感情が豊かで、温かくて……いつだって香苗のナカに溺れたくなる」

人差し指の腹が、唇をゆっくりと擦《こす》る。少し口を開いたらと、第一関節まで口の中に入ってくる。ソレを舐めると、穂高の瞳が熱く揺れた。

「んんっ、んむ」

舌を指に押し当てて下から上へと動かすと、今度は指先が歯茎を撫で始めた。それだけなのに、背筋にぞくぞくと快感が走る。

指を舐める。その行為が、こんなにエロティックだとは思わなかった。やがて、すっと指が引き抜かれ、唾液に濡《ぬ》れた指を穂高がぺろりと舐めた。

「……これで俺の事情は全部言った。香苗は？」

穂高が私の唇の端に、ちゅっと小さく音を立ててキスをした。

「俺は香苗を愛してる。今なら信じてもらえるか？」

「う、ん……」

何度も言ってもらった言葉。どうしても、有美子さんと比べて素直に受け取れなかった言葉。だけど――

（……穂高の瞳を見たら、嘘じゃないってわかるのに）

そこに映る私への想いは嘘なんかじゃない。身体が溶けてしまいそうに熱い。

私が有美子さんに劣等感を持っていたから。穂高の隣は、あの人の方が似合っていると思い込んでいたから、気付かなかった……ううん、目を逸らしてきた。

（私も、正直に言うべきだよね）

すうと大きく息を吸い、そして吐く。

「あの、……穂高。ううん、優」

姿勢を正して、穂高に頭を下げる。

「私……優が好きです。これからもよろしくお願いします。それから」

穂高の胸元を掴んで引っ張り、自分からちゅっとキスをした。

「優の家に連れていってくれるんでしょ？　もうコンペ終わったし」

ぽかんと口を開けた穂高の顔が、見る見るうちに真っ赤になっていく。イケメンの、しかも赤ら顔の穂高なんて、とんでもなくレアじゃないだろうか。デレを隠すように咳払いした穂高は、「そうだな」と頷いた。

「香苗との約束を果たしてもらおうか」

「？　約束……って……」

……あ。雰囲気が獣に変わったっ……！　ぞわぞわと一気に鳥肌が立つ。

「一週間、愛し続けると言っただろ？」

それはそれは綺麗に微笑む穂高を前に、私は「……せめて三日にして……」としか答えることができなかった。

8　これで、いいの？

初めて訪れた穂高の家は、やっぱりセレブ感満載で、リビングだけで私の家全部が入りそうな広さだった。おまけに濃いめのブルーを基調としたベッドルームも大きくて、キングサイズのベッドを見た私は、「え、ここに一人で寝てるの……？」と疑いの声を出してしまったけど、「俺の身長じゃ、ゆったり寝られるサイズはこれだった」と返された。

「それで、香苗。俺の望みを叶えてくれるんだよな？」

そう、にっこり笑う穂高の表情を見た私は、「え、う、うん、まあ……ね……」となんとも歯切れの悪い返事をしてしまったのだ。そして、それから――


「んっ……ね、え、穂高……これで、いい、の……？　はぅ」

「ああ……気持ち良くて、いい眺めだ……」

私を見下ろす穂高の目がとろんと蕩《とろ》けている。これで、気持ち良い、の、かな？

大きなベッドに腰かけた穂高は両腕を後ろについて、脚を広げて座ってる。穂高ってスーツを着ている時はすらりとした感じだけど、脱ぐと引き締まった筋肉が凄い。私はそのがっちりした太腿《ふともも》の間で床に膝をつき、む、胸を両手で抱えて……とあるモノを挟んでいる。

低い身長の割には大きい胸がコンプレックスだったけど、穂高が悦《よろこ》んでくれるなら。

こうやって挟んで、擦《こす》り付けるように胸を動かして、その、胸の谷間から出ている先端を……

「くっ……！」

ピンク色に染まる先端に溜まった蜜を舐めると、穂高がぶるっと身体を震わせた。ちろちろと舌を小さく動かす。一番先から開いた笠先へと舌を這《は》わせながら、上目遣いで穂高を見上げると、彼の半開きの唇から熱い吐息が漏れた。

(え、またおっきくなってない⁉)

胸の肉で挟んで、そそり立つモノを擦《こす》り上げると更に先端が膨らんだ、気がする。いやらしい匂いが、一層濃くなった。今の穂高の匂いは、いつもの爽《さわ》やかなコロンの香りじゃない。麝香《じゃこう》のように濃密で、嗅《か》いでいるだけで、太腿《ふともも》の間がじゅんと濡《ぬ》れてくる匂いだ。

「はっ……あ……」

前髪が彼の額に貼り付いている。顔だけじゃなく、広い胸板も逞《たくま》しい二の腕も、割れたお腹も、汗が滲《にじ》んで艶《つや》が出ている。瞼《まぶた》を半分下ろし、薄く開いた唇から吐息を漏らす穂高の表情は危うい色気を匂わせていて、身体の奥がきゅんと締まった。

(こうして、舐めて……)

さっき舐め取ったばかりなのに、また先端の窪みに蜜が溜まっている。舌の先で蜜を掬《すく》い取り、膨らんだ笠に塗り付けると、ますます穂高の息が荒くなった。

「ん……、こう？　むぅ」

思い切って先端を咥《くわ》えると、びくっと塊《かたまり》が反り返る。舌を使って、開いた笠の下や硬く浮かび上がった筋をじわじわと舐めた。口を窄《すぼ》めて、唇を熱い肌に擦《こす》るように動かすと、穂高が声にならない呻《うめ》き声を上げる。両手で胸を熱い楔《くさび》に押し付ける感じで手を動かす。先端の付け根の皺《しわ》を唇で挟むと、穂高の身体が大きく揺れた。

唇の動きに合わせて、胸も上下に動かす。谷間に挟まれた楔《くさび》の色が、赤黒く染まっていく――

「……っ、香苗っ……！」

「んはっ……！」

穂高の手が私の肩を押した瞬間、すぽんと口から塊《かたまり》が抜けた。そのまま身を捩《よじ》った穂高が立ち上がり、私の脇に手を入れた。ひょいと持ち上げられた私の身体は、あっという間にベッドの上で仰《あお》向けになっていた。その私の上で、穂高が四《よ》つん這《ば》いになり圧《お》しかかってくる。

「……香苗、どこであんなテクニック覚えたんだ？」

頬を上気させた穂高の瞳に、剣呑《けんのん》な色が浮かんでいるのは気のせい？

「穂高が気持ち良さそうにしてるの見て、ああしたんだけど？　猫のベルちゃんだって、触ったらこの辺が良さそうだってわかるもの」

私、反応を見間違えてた？

そう聞くと、穂高が長い溜息と共に、顔を私の右首の付け根に埋めた。

「……あまりに良すぎて、出してしまうところだった。あれで初めて、とは」

反則だろと呟く穂高の唇がくすぐったい。重ねられた肌は汗ばんでいて、とても熱い。

「やっと穂高に勝てた……？　っあああっ⁉」

さっき私が咥《くわ》えたみたいに、穂高の唇が左胸の先端を咥《くわ》え、右手が右胸を掴んでいた。ちゅ、ちゅと音を立てて左乳首を吸われるのと同時に、右乳首も指で抓《つま》んでこりこりと扱《しご》かれる。

「今度は俺が攻撃する番だ。香苗は」

「あぅっ！」

どんどん硬く尖《とが》る乳首は、少し舐められただけでも敏感に反応する。唇で挟まれるのも、人差し指と親指で挟まれるのも、どちらも気持ちが良くて、肌がぴくぴくと震えてしまう。

「さっきの俺みたいに――甘く喘いでいればいい」

彼の右手が胸全体を覆い、柔らかな肌をゆっくりと揉みしだく。さっきまで彼を挟んでいた胸の谷間に、彼の唇が移動した。

「んくっ……」

右手を乱れた彼の髪の中に入れ、指に絡ませる。肌を吸われる感覚も、大きな手で撫でられる感覚も、やっぱり気持ちが良くて堪《たま》らない。どこを舐めれば私が声を上げるのか、どこを揉めば私が乱れるのか、きっと彼は全部知っている。

「穂高だって……気持ち、イイ、もの……ひゃんっ⁉」

そう言った途端、くるりと身体が反転していた。背筋に沿うように、穂高の舌が移動する。後ろから両胸を掴まれ、また乳首を弄《もてあそ》ばれた。後ろから聞こえる穂高の息遣いが、やたらと大きく聞こえる。

「んっ、はぁ、あんっ！」

右耳たぶを唇で挟まれたかと思うと、温かな舌が耳穴に入ってきた。舌を出し入れされて、そのぬめりとした感覚にふるふる肩を震わせると「香苗は相変わらず耳が弱いな？」と低い声がした。

穂高の声が、下腹の方まで響く。

「……っ、あ、くっ……」

姿が見えない分、穂高から与えられる快感が鮮明に感じられて、全身がすぐ熱くなる。穂高の汗の匂い、肌の熱さ、低くて甘い声、その全てに私の身体が反応してしまう。だから、ほんの少し指先で肌を触られただけでも……もう最奥まで震えて、蜜が外に流れ出ている。

「あっ……あ」

胸を揉んでいた手が、肌を擦《こす》るように背中へと移動する。ウエストのラインから腰骨、そして太腿《ふともも》へと動いた手が、ゆっくりお尻を持ち上げた。

「香苗はココも弱いよな？」

「っ！　あああんっ！」

お尻の窄《すぼ》まりの周囲を、じわじわ舐められる。汚いって止めても「香苗の身体に汚いところなどない」って返されてしまって、何も言えなくなる。むずむずとこそばゆい感覚が背筋を這《は》い上がってきて、思わずシーツをぐっと掴んだ。

「ああ、もうびしょびしょに濡《ぬ》れてる。そんなに感じた？」

「ん、んあっ！　はぁ、あ、んんっ」

太腿《ふともも》の間に二本指が差し込まれた。蜜に濡《ぬ》れた襞《ひだ》が長い指で挟まれる。茂みを掻《か》き分け、襞《ひだ》をめくるように動く指。濡《ぬ》れているせいか、指先の動きは滑《なめ》らかだ。

「あっ、ああっ、ん……っ！」

柔らかくなってきた入り口を突かれる。突かれるよりももっと強い刺激を求めて、腰がゆらりと揺れた。

緩んだ肉の間に指先がくにと埋まる。肉襞《ひだ》を押すようにゆっくりと円を描く指。その動きだけで、襞《ひだ》が内へと蠢《うごめ》き始めた。

「んあっ⁉　あああ、あ」

舌は相変わらず後ろの窄《すぼ》まりを舐めている。その焦《じ》れったい熱さと指の悪戯《いたずら》に、息がおかしくなった。太腿《ふともも》も小刻みに震えている。

「あ、あっ、う……あ、ん」

「じゃあ、さっきの香苗と同じ攻め方をしようか」

腰を掴まれ、今度は仰《あお》向けに転がされる。穂高の髪が、下腹の上に広がった。

「ひ、ひあああああっ⁉」

花びらの間にある芽に吸い付かれた。それだけで、蜜壺が指を締め付ける。唇で挟まれ、舌を巻き付けられ、軽く甘噛みされて。自分でもどうしようもなくて、私はただ喘ぎ声を漏らした。

「あっ、はぁ、は、あ、んっ」

自分の声が自分のじゃないみたい。悲鳴にも似た、高くてどこか媚《こ》びるような声。もっともっと刺激が欲しい――そう思っているのに。

「あ……あ、あ、だめ……っ……！」

どんどん快感が高まって波が砕けそうになる寸前で、唇も指も動きを止めてしまう。置いてけぼりになったうねりが、身体の奥でぐずぐず解けていく。

「はあ、はぁ、ぁ、あ……あう、あああっ!?」

うねりが鎮《しず》まるのを見計らったかのように、再び唇と指が動き出す。襞《ひだ》の間の蜜を舌が舐め取り、締まる内襞《ひだ》を二本に増やされた指が擦《こす》り、そして唇が花芽を抓《つま》み出した。

「や、だっ……、ああ、あっ！」

待たされた身体はすぐに反応し、さっき解けたうねりがまた、私の身体の奥に甦る。

「あっあっあっ……」

我慢できずに首を左右に振ると、唾液で濡《ぬ》れた唇に髪が数本貼り付いた。それを振り払うこともできずに、ただ肌を震わせて穂高が与えてくる快感に身を任せる私。

「ああっ！　……あ、あ」

またイキかけた、その瞬間に刺激が遠のいてしまう。燻《くすぶ》る最奥の熱で、身体が溶けそうに熱い。

「あ、あああんっ！　はぁ、あ」

さっきから、ソレばかり繰り返されている。寄せては返す波のように、快楽の高まりが近付いたと思ったら、引いていってしまう。焦らされて焦らされて、蜜は太腿《ふともも》を伝って流れ落ち、吐く息の熱はどんどん上がって、もう何も考えられなくなった。

「ほ、だか……」

縋《すが》るように穂高を呼ぶと、私の太腿《ふともも》から顔を上げた彼が、ぺろりと下唇を舐めているのが見えた。

「優って呼んでくれ。そうしたら……イカせるから」

彼の瞳がギラギラ光っている。身体が疼《うず》いてどうしようもない私は、震える唇を開いた。

「ほ、あ、ゆ、う……」

「もう一度」

穂高の……優の声は優しいのに、どこか残酷に聞こえる。

「優……優……お願い、優……っ……あああああっ！」

ちゅくりと花芽を吸われただけで、軽くイッてしまった。ああ、それでも物足りない。早く優を迎えたいと、蜜にまみれた襞《ひだ》がひくひくと動く。

「このまま挿《い》入れたいところだが……今はまだ」

少しの間、背中を向けた優が、いきなり私の太腿《ふともも》を広げ、蕩《とろ》け切った蜜壺に、望んでいたモノを強引に差し込んだ。

「あああっ！」

ぬかるんだ襞《ひだ》は悦《よろこ》んで欲望を受け入れ、あっという間に最奥まで達したソレを締め付けた途端、真っ白な閃光が身体を貫いた。

「あっあっ、あああああっ……！」

左太腿《ふともも》を優の身体に回して腰を揺らすと、優が溜息をついた。

「挿入《い》れただけで、イッてしまった？　香苗も淫乱《いんらん》になったな」

「あうっ……！」

そんな風にわたしの身体を変えたのは誰だ。そう文句を言おうとしても、唇から出るのは吐息ばかり。

「もうこんなに締め付けて……そんなに俺が欲しかった？」

「んっ、くっ……あ、んっ、あ」

最奥にさっき舐めていた先端がぐりぐり押し付けられる。空虚だった蜜壺が熱い欲望で満たされたのに……まだ足りない。

優の腰の動きは緩やかで、まるで私の焦りを無視しているようだった。ゆっくり引き出される楔《くさび》に引き摺《ず》られて襞《ひだ》も動く。そしてまた、ゆっくり押し込まれるのと同時に、もっと奥へと誘《いざな》うように襞《ひだ》がなびく。

その動きが穏やかすぎて、身体の奥に燻るモノが、もっともっとと欲張り出す。

もっと欲しい。もっと激しく。もっと奥に。もっともっと。嫌だ、焦らさないで。この熱さをなんとかして。そうじゃなきゃ、欲望で熟《う》れ切った身体が、ぐしゃりと潰れてしまいそう。

「あっ……あ、ああ……っ、や、だ……っ！」

「嫌？」

何度目かの往復で、優が動きを完全に止めた。優の頬は赤らんでいるけど、表情はどこか硬い。

私は涙で霞《かす》む目を優に向ける。

「そんなの、じゃ、や、なの……もっと……優、が、欲しい……」

「っ！」

さっと優の表情が変わった。ぎらりと瞳を光らせたかと思うと、彼の胸が大きく膨らんだ。

「香苗が求めたんだぞ。あとで文句言うなよ」

「は、ああああああっ！」

左腰をぐっと掴まれて、優に引き寄せられた瞬間、更に激しく最奥が突かれた。さっきまでの穏やかな動きから、熱く速い動きに変わっている。

「あっあっあっあっ、っあああっ！」

内臓が引き摺《ず》り出されそうな勢いで欲望が動く。左右に揺れる右胸が彼の左手にぐっと掴まれた。痛いくらいの刺激さえ、全てが気持ちイイと感じてしまう。

「はぁ、あ、あぅ、……あん、はあ」

「くっ……！」

肌と肌がぶつかり合って、派手な音がする。大きく膨らんだモノに纏《まと》わり付く襞《ひだ》は、それでも貪欲に優を求めている。

ぐちゃぐちゃにしてほしい。もっと突いてほしい。優と私が溶け合って一つになるぐらい、もっと優の熱が……欲しい。

「あ、あ、あああ」

「く……」

半開きになった優の口から、声にならない呻《うめ》きが漏れる。激しく掻《か》き回された蜜壺は、すっかり優の形に変わっていて、隙間もないくらいに欲望と密着している。それが擦《こす》れ合う快感は、頭の中が優一色に染まるくらい、気持ちが良くて堪《たま》らない。

身体の全てで優を求めて、擦《こす》られて、揺さぶられて、突かれて――

「ゆ、うっ――、ああああああああっ！」

「香苗っ……！」

ずんと一層力強く優のモノが最奥にぶつかった瞬間、全てが砕け散った。どくどくと脈打つ欲望から、じわじわと膜越しに熱が広がる。ぐっと締め付けた襞《ひだ》は、まだ小刻みに震えていて、優からもっと熱を搾《しぼ》り取ろうとしていた。

「まだ足りない。もっと欲しい……香苗」

「ひゃああ、んっ⁉」

秘部が繋がったまま、身体を起こされた私は、優と向き合う形で彼の太腿《ふともも》の間に座っていた。

「あんっ！」

重力の加減なのか、座った状態だと、より優のモノが奥に達した気がする。私は更に身体を震わせた。

優が私の腰を持ち、左右にゆらゆらと揺らす。一度イッた身体は敏感になっていて、その刺激だけで、快感を求めることしか考えられなくなった。

「あう……あ、ん……んっ！」

ふにふにと揺れていた左胸が、彼の右手に捕らわれる。奥への優しい刺激とは違い、乳首を扱《しご》かれる刺激は尖《とが》っていて、そのどちらもが再び私を追い詰める。

ぬちゃりぬちゃりといやらしい音が、結合部分から漏れる。私は堪《たま》らなくなって、優の首にしがみ付いた。

「優……優……優……っ！」

「こういう時は、優って呼んでくれるんだな」

「あああっ！」

嬉しそうな優の声。ぐっと彼が腰を突き上げたタイミングで、再びイッてしまった私は、優に力の抜けた身体をあずけた。なのに優のモノは、さっき吐精したにもかかわらず、また太く大きく膨らんでいる。

「あ、さっき、イッたとこ、なのにっ……！」

再び身体を揺らし始めた優に抗議したけれど「もっと俺が欲しいと言ったよな？　香苗」と一言で切り捨てられてしまう。敏感になった私の身体を弄《もてあそ》びながら笑った優の顔は、眩しいくらいに――いやらしかった。

「一週間は付き合ってくれるんだろ？」

ああ、その期待（？）に満ちた瞳に、逆らう術《すべ》もなく。

「……ハイ……」

そう返事するしかなかった。

彼の笑顔の圧に負けた私は……座ったまま、またイカされて、立ったまま後ろからも前からもイカされて、四《よ》つん這《ば》いになって後ろからも前からもイカされて……文字通り、精も根も尽き果てた状態になり、干からびてしまったのだった……

エピローグ　愛しい彼だからと容赦しません

「よし、穂高の案でいこう。これならクライアントにも満足してもらえるだろう」

（また負けた……っ！）

竹田課長の「本当に良い提案だったぞ、穂高！　お前結婚してから絶好調だな」という言葉も耳をスルーしてしまう。

「ありがとうございます」

にっこり笑って会釈《えしゃく》したダークグレースーツの男が、机を回って私の席まで近付いてくる。むむっと口をへの字にして顔を上げると、色っぽい流し目をした美形が私の顔を覗き込んできた。

「残念だったな、香苗。次頑張れ」

「次！　次こそ見返してやるんだからっ！」

ぶくっと膨らんだ頬を右人差し指でつんと突いた彼は、そのまま自分の席に座る。……そう、いつの間にか、彼の席は私の左隣になっていた。

「よっ、三森……じゃなかった、穂高嫁！　またこいつとやり合ったって？」

がしっと彼の肩に手を回したガタイのいい山田くんは、嫌そうなほだ……もとい優の顔をものともせず、あっけらかんと笑う。

「やり合ったんじゃないわよ、今度勝つためのアイデアを手に入れただけだから」

「ははっ、お前達結婚してからデザインの幅が広がったよな～。今日穂高がデザインした商店街を訪問したが、人が集まっていて盛況だったぞ」

(う、嬉しいけど悔しいっ！)

優が認められ、褒められるのは単純に嬉しい。飯塚さん達ほど酷《ひど》いのは一掃されたけど、『社長の息子だから』というレッテルを貼り付けてくる人はまだいるのだ。

……でも、その案件だって、私が負けたものだから、悔しさも人一倍。

「まあ、社内もすっきりしたよな～。誰かさんのおかげで」

山田くんが私を見下ろし、にやっと笑った。なんで私が原因みたいな顔をしているのよ。

「いいんじゃないか？　ヘッドハンティングされたんだから、向こうでも頑張っているだろう」

「それ、しれっと言ってるけど、多分それどころじゃ」

「優くん、香苗ちゃん、おはよう」

さらりと長い栗色の髪をなびかせて廊下から入ってきたのは、ぱっちりした目に陶器のような白い肌、薄ピンク色のルージュがなんとも上品な感じを醸《かも》し出している美女だった。淡いブルーのニットに白のフレアースカート。格好からして、セレブなお嬢様にしか見えない。アイボリーのタートルネックニットにモカのパンツ姿の私とは、比べ物にならないぐらいのきらきらオーラだ。

「有美子さん」

優が戸惑ったような声を出す。そりゃそうだろう。なんでここに有美子さんがいるのだ。

「あの、有美子さん？　今日は社長と外出じゃ」

恐る恐るそう聞くと、有美子さんはぱちぱちっと瞬《まばた》きした後、ふわりと微笑んだ。

（うわっ……！）

眩しい。笑顔が眩しすぎる。性格の良さが滲《にじ》み出ている美女の笑顔って、こんなに破壊力があるんだ……！　何度見ても見慣れない。

「せんせ……社長に別件があるから先に帰社するように、と言われたの。それで結果が気になって。今日だったでしょ、デザイン案が決まるの」

「ううう……」

ずんと落ち込んだ私を見た有美子さんは、慌てて「残念な結果だったのかしら？　また次があるわよ」と慰《なぐさ》めてくれた。

「有美子さん、早く社長室に戻った方がいいのでは？　今日までですよ、経理の精算は」

優の顔は極々普通だ。周囲の男性陣が有美子さんにデレデレしている中、よく平然とできるものだわ。

「あら、本当だわ。ありがとう、優君。香苗ちゃんもまたね」

小さく手を振り、有美子さんが部屋を出ていく。桜の花のような残り香に、まだぼーっとしている社員までいた。

「相変わらず美人だな～彼女」

と言っている山田くんも、有美子さんに対してなんの変化もない一人だ。まあ、冬子という彼女がいる身でデレデレしていたら、脇腹に肘鉄喰らわせてやるところだけど。

「もう少し社内事情も考えてほしいな、有美子さんには」

はあと溜息をつく優からは、かつての初恋の人に対する思慕《しぼ》が欠片《かけら》も感じられない。

……それで、ちょっとほっとしている私がいる。

「仕方ないよ。やっと自分の名でデザインできるようになったんだから」

――駅前のビルの優と私のデザインは、市民投票で第二位だったけど審査の場では満場一致に近い状態で採用された。市民投票第一位の飯塚さんの案――基《もと》は優がデザインした外観案――も好評だったが、今一歩及ばなかった。理由は、やはりコスト面だった。優が言った通り、蓮《はす》の花の形をした特徴ある建物は、普通の直方体に比べると建築コストが跳ね上がってしまう。国の事業とかならともかく、地方の一都市が発注するには高すぎたのだ。

もっとも、Yamagata.DesignStudio が受注できたとしても、あのデザインを形にはできず、恥をかいただろうから、向こうもほっとしているんじゃないだろうか。

（飯塚さん達もどうなってることやら）

あのコンペの後、藤原さんと井上さんも会社を辞めて、Yamagata.DesignStudioに入った。元々、飯塚さんに協力する見返りとして、二人も転職する約束だったんだろう。

（あの三人、知らなかったんだろうなあ、あの会社のデザインの大半が有美子さんの作品だったってこと）

山形社長は……聞けば聞くほど屑《くず》だった。娘の有美子さんを溺愛している、なんて噂《うわさ》されていたのも、わざわざデザイナーを疎《うと》んじる家に娘を嫁《とつ》がせたのも、皆彼女の才能を搾取《さくしゅ》するためだったなんて。

デザイナー活動を控えろと言われた有美子さんにとって、デザインを続けるためにはゴーストデザイナーになるしか方法はなかった。山形社長が有美子さんを手放さなかったのは、溺愛していたからではなく、自分の名で有美子さんのデザインを公表できなくなるのを恐れたからだった。

有美子さんがデザインできなくなったと聞き、お義父さんも心配していたけれど、下手に自分が口を挟むと山形社長が逆上するのがわかっていたから、何もできなかった――らしい。優は「父さんも結構落ち込んでいたが、一度有美子さんを突き放したこともあって、なかなか一歩を踏み出す勇気がなかったようだ」と言っていた。

（それでも、飯塚さんが無理矢理有美子さんに迫ろうとしたことや、ゴーストデザイナーの話を聞いて、お義父さんがキレちゃったんだよね）

海外出張中で身動きできないお義父さんの代わりに、優が家出した有美子さんを保護、実家に匿《かくま》った。その後、有美子さんの夫の浮気の証拠を揃えて弁護士を立て、山形社長に疑われないようにぎりぎりまで離婚のタイミングを引き延ばし、有美子さんが海外で生活できるよう手続きを終えた社長が帰国するのを見計らって離婚↓パスポート取り直し↓社長と一緒に海外留学という名の逃亡、までわずか一カ月間。

（有美子さんを捜していた山形社長も、まさか海外出張中のお義父さんの家に転がり込んでるとは思わなかったようだし）

なんだかんだと飯塚さんが私に絡んできていたのも、優が有美子さんを匿《かくま》ってると疑って、彼女の行方を探ろうとしたのかもしれない。もっとも私は何も知らなかったから、努力は無駄に終わったわけだけど。

（優が有美子さんの代わりに色々動いて、攪乱《かくらん》とかしてたんだよね？）

そのあたりのややこしいことまでは、私にはわからない。だけど、有美子さんを失ったYamagata.DesignStudio の評判がだだ下がりなのを見ると、優が何かした可能性はなきにしも非《あら》ず、だ。

（でも同情の余地なし、自業自得だわ）

飯塚さん達も、苦戦を強《し》いられることだろうけど、もう優のデザインを真似することすらできないんだから、今度こそ自分の実力で頑張れよ、と思う。

そしてお義父さんが留学先に送り届けてから一年後、帰国した有美子さんは、社長のアシスタント兼デザイナーとして我が社に入社することに。

……その時点でお義父さんと籍を入れたんだよね。あの時の社内は衝撃走りまくりだったわ……

ほぼ同時期に結婚した優と私の話題は完全に霞《かす》んでいた、うん。

（あの有美子さんが義母だよ、義母。信じられる？）

それを知った山形社長が大激怒してうちに乗り込んできたこともあったけど、口出しするなら有美子さんがゴーストデザイナーになっていた事実や、飯塚さんが優のデザインを盗んでYamagata.DesignStudioから発表したことを公表すると脅して追い払ったんだよね、お義父さん。有美子さんの夫となった今では、もう山形社長と彼女を関わらせない、と言っている。

彼女がデザインした図面を見た竹田課長も唸《うな》ってたし、有美子さんがスランプだという噂《うわさ》もすぐに払拭《ふっしょく》されるだろう。

まあ親子ほどの年の差カップルだから、まだまだ何かと言われるだろうけど、社内では祝福モードだし、何より優が認めているから文句を言われる筋合いはない。

（けどねえ）

「……有美子さんは有美子さんって呼ばれてるのに、どうして私は穂高嫁……」

ぽつりと溢《こぼ》した言葉に、山田くんが、がははと笑って優の肩を叩いた。

「仕方ないだろ、下の名前を呼ぶとコイツが睨《にら》むからさあ」

むすっとした顔の優が、事もなげに言う。

「香苗の名を呼ぶのは、俺だけで十分だ」

私はきっと優の方を向いて叫んだ。

「……そーゆーこと言うから、噂《うわさ》されるんでしょーがっ！」

……社内の噂《うわさ》。優が私を溺愛してて、少しでも男性が近付いたらめちゃくちゃ威嚇《いかく》して、私を監禁まがいの目に遭わせているってヤツ……ああ、一部本当なだけに、完全否定できないっ！

（そうだよね……寝室に手錠とかあったりするんだよね……）

ネットで購入したのか、ふわふわ毛皮が付いた可愛い（？）手錠がベッドサイドの引き出しの中にあるのを発見した時には、もう。

『抵抗する香苗を拘束《こうそく》するのもいいなと思って』

そんなセリフを、爽《さわ》やか御曹司スマイルと共に言われた私の心情を述べよ。

（大体、優のせいでタートルネックに長袖、パンツスタイルしか着られないんだから！）

一応、平日はエンリョ……してくれている……らしい、けど。あれで？　遠慮？　一晩二回はヤってない？　優の体力って底なしだよね……なんかもう、筋肉痛とオトモダチになっちゃったわよ……

「来週もまた大型提案の社内コンペがあるから、今週頑張る！　だから」

「奇遇だな、俺も頑張ろうと思っていた」

――邪魔しないで、という言葉が喉の奥に消えた。

「えええええ、なんでよ!?　優はもう別案件だって抱えてるじゃない！」

なのにどうして割り込んでくるのだ。優が参加したら、勝ち抜くチャンスが減るじゃない！

「なかなか興味を惹く案件だったからな。それに」

私の左頬を撫でる彼の右手の感触が、妙に生々しい。とろりと蕩《とろ》けそうな瞳に、ゆるりと緩んだ口元からだだ漏れになっている色気に、息ができない。

「――香苗が俺以外のヤツをライバル視するなんて、許せないから」

「！」

心臓まで止まった。じわじわと頬に熱が集まり始めていく。優以外の人が、全て背景に溶け込んでしまう。ここは会社なのに、意識が遠のいて……

「あー、ほら、そういうのは家帰ってからにしてくれよな、穂高夫妻？」

ばんと優と私の肩を同時に叩いた山田くんに救われた。優はじろりと山田くんを睨《にら》んでいるけど、私は内心彼に手を合わせて感謝した。

「とっ、とにかくっ！」

立ち上がった私は優に向き直り、びしっと右人差し指を突き付けて、宣言する。

「今度こそ、私が勝つ！　ぜーったいに、負けないいんだから！」

それを聞いた優のセリフも、笑顔も、前と変わらない。

「ああ、楽しみにしてる」

……だけど、変わったこともある。

その瞳の奥に潜む、どろりとした何かが私だけに向いていることを、今は知っている。刺激しすぎるとマズイ何かが。それでも勝負は譲れない！

「山田くんも協力してよね!?　優を抑え込むの」

要は平日の体力を温存したいのだ。なんとか優を連れ回してほしい。そんな願いと共に視線を向けると、山田くんがぎょっと目を剥《む》く。

「えっ、俺を巻き込むのか⁉」

「冬子との間を取り持ったのは誰だと」

「……山田。わかってるよな？　香苗との関係の邪魔だけは」

優の笑顔に凄味が増す。冷え冷えとした空気が三人の間に流れた。

「じゃ、じゃあ、俺はこれで！」

右手をさっと上げて山田くんが小走りに立ち去る。あいつ逃げたな！　同期を見捨てる気⁉

「香苗？　勝負するのはいいいが、夫婦生活に支障をきたすなよ？」

脚を組んでのうのうとほざく優の前に、私は再度立ちはだかる。

「邪魔されたって、負けない！　優こそ、吠え面かくんじゃないわよ！」

その時にっこりと笑った優の顔が、地獄の天使のように見えた。

「――俺も容赦しない。たとえ香苗が……」

優も立ち上がり、ゆっくりと唇を私の左耳に寄せた。


俺の最愛でも。俺が香苗を愛でる機会を奪うのは許さない。


「！！！！！」

左耳を押さえて、ずさっと優から離れた私は悪くない。優に見つめられて熱くなる全身。御曹司スマイルを被《かぶ》った優は、それはそれは綺麗で。

「ななな、何言ってるのよ！」

必死に抗議する私に、優がすっと右手を差し出した。

「いつもの場所で休憩でもしながら、話をしよう？」

私は目を瞬いた。一階ロビーの奥。ずっと私の心の支えだったデザイン画。それが飾られていた場所には、あの神社から見えるビルの写真が飾られている。夕日に青海波《せいがいは》の模様が綺麗に浮かび上がっていて、それを見るたびにエネルギーをもらっていた。私が何かあると、あの写真を見て自信を付けていたことを、優はとっくにわかっているはず。

なのに、このタイミングでそれを言ってくるのが。

(なんか癪《しゃく》だ)

私はぶすっと頬を膨らませつつ、優の手を取り、二人で歩き出した。人気のない廊下を、手を繋いだまま歩く。

「絶対、負けないから」

「ああ、わかってる」

「平日の睡眠時間確保を要求します」

「努力はするが、確約できないな」

「くっ……！　じゃあ、土日の自由を認め」

「ないから」

「ああ、もう！」

じろりと左側を見上げると、優が口端をにいと上げた。

「俺から逃げられる、なんて思っていないだろ？」

「……」

彼の視線が身体に絡み付いてくる気がするけど、その束縛をどこか嬉しいと思ってる自分もいる。

すっかりこの男に毒されてしまった、私は。

……敵《かな》わないのだ。きっと。これからも、これまでも。この優しく微笑む腹黒御曹司には。

「逃げたり、しないわよ。だけど」

目を丸くした優をきっと睨《にら》み返して、叫ぶ。

「……好きな人だからって、容赦しない。全力で立ち向かうから！」

そう、たとえ御曹司だろうと、天才デザイナーと名を馳《は》せていようと。

——そして、私の、最愛の人だろうと。

そう言った途端、真っ赤に頬を染め「香苗には敵《かな》わないな……」とぶつぶつ呟いた優にいきなり抱き締められた私は「ここ会社だから！　はーなーしーてーっ！」と、これまたいつものように、彼の広い胸板をぽこすか叩く羽目になったのだった。

番外編　愛しい彼女だからと容赦しません!?

俺が想いを伝えることもできず恋を失い、そのことを慰《なぐさ》めてくれた彼女にまた恋に落ち——そして、あっという間に失恋したのは、たった一日の間の出来事だった。

＊＊＊

——彼女が選んだのは、俺じゃなかった。


「いやあ、素晴らしいデザインだった！」

「あのチーム、穂高社長の知り合いだとか。おそらく優君も参加しているのだろうね」

「先が楽しみだ」

ざわめくパーティー会場に、そんな言葉が飛び交う。でも俺は、一人会場の片隅で何も言わずワインをあおるだけ。

「……」

今日は、プロのデザイナーだけでなく学生も応募できる建築デザインコンテストの結果発表の日。あんなに待ち望んでいた日だった、が――

(受賞したら、有美子さんに告白しようと決めていたのに)

全て無駄になった。

「……失恋記念日になるとは、な」

俺はデザイナー、穂高実の息子として生を享けた。父さんは素晴らしいデザイナーで、しかも優良デザイン会社の人徳ある社長として名を知られている。父さんと同じデザイナーを志す俺は、幼い頃から彼と比べられてきた。

――さすがは穂高社長の息子さんだ。将来が楽しみですね。

――あいつの成績が良いのは、父親の業績のおかげだろ？　一流デザイナーの息子の成績が悪いなんて、外聞が悪いしな。

賞賛と嫉妬《しっと》。どちらも気持ちが悪かった。だが、父さんと同じ道を歩むならば、避けては通れないとわかっていた。

……いつも涼しい笑顔でやり過ごせばいい。あいつらが文句を言えなくなるだけの実力を身に付ければいい。そう思って、ずっとデザインの勉強に没頭してきた。だが、好き勝手言う奴らの言葉は、無視していても心に傷を付けていく。

そうしているうちに、いつの間にか――そう、いつの間にか、俺は自分の作品に対する他人の意見を、素直に受け取れなくなっていた。

――これは素晴らしい！　正にこちらの目指すところが表現されている。

（……父さんのデザインに似ているのか？）

――この力量なら、すぐにでもプロのデザイナーとして活躍できるだろう。

（……父さんの息子でなくても、そのセリフを言えたのか？）

心の内でそう思っていても、おくびにも出さない。ただ、『ありがとうございます』と笑みを浮かべるだけだ。

大学に通う頃には、俺は随分と捻《ひね》くれていた。俺の見た目や『有名デザイナーの息子』『社長令息』といった身分にばかり関心を持たれ、俺自身を見てくれる人にはなかなか出会えなかったからだ。あの頃の俺は、がむしゃらにデザインに打ち込むことで、どうしようもない孤独感を紛《まぎ》らわせていたのかもしれない。


そう、そんな時に……有美子さんに出会った。

当時すでにプロのデザイナーとして活躍していた有美子さんが、臨時講師として大学に来て――俺のデザインを見てこう言ったのだ。

『優君のデザインは、穂高先生とはコンセプトが違うのね。一見似た雰囲気だけど』

……そんなことを言われたのは初めてだった。父さんとは違う、だなんて。

『そう、ですか？　よく似ていると言われるのですが』

『先生のデザインと並べてみると、違いがよくわかるわ。優君らしいデザインだと思うわよ？』

柔らかく微笑む有美子さん。彼女のその優しい雰囲気、穏やかな瞳に……俺は惚れ込んでしまった。何より、俺を父さんとは違うと言ってくれた人なんて、今までいなかったから、彼女だけは俺自身を見てくれる、と心を打ち抜かれたのだ。

彼女の授業を受ける度《たび》に、女性らしいセンスや優しい声にも惹かれていく。

だが、有美子さんは有名な建築デザイナー。一方俺は、まだ学生に過ぎない。有美子さんが俺に優しくしてくれるのは、俺が生徒だからだ。

(有美子さんの隣に並んでも恥ずかしくない男になりたい)

そう思いながら、建築デザインの授業に取り組んだ。その甲斐《かい》あってか、トップクラスの成績をキープしていた俺に、『建築デザインの賞が開催されることになった。穂高君、参加しないか』と教授から声がかかった。俺は二つ返事でＯＫし、有美子さんに指導を依頼した。

『父が快《こころよ》く思わないかもしれない』と彼女に言われた俺は、父さんに頼んでチーム名での参加としてもらった。これなら、表向きは有美子さんの名前は出ず、彼女に迷惑をかけることはない。

『優君、頑張りましょうね。学生の間に受賞すれば、大きな箔付けになるわ。私も大学時代に受賞したのがきっかけで、色々お話をいただいたから』

プロも参加できる賞だから、有美子さんとチームを組む。デザインは俺が、有美子さんはチェックやアドバイスという役割で、二人で何時間も話し合った。

——もし、このデザインが受賞したら。そうしたら、有美子さんに告白しても許されるだろうか。下手に好意を伝えると、講師と生徒という関係が崩れてしまう。有美子さんが大学を辞めさせられるかもしれない。でも、実績を作れば……父の名ではなく、自分の名前で実力を知られるようになれば。プロのデザイナーである有美子さんと接触する機会も増えるだろう。

（……あの美しい女性《ひと》の隣に立ちたい）

（あの女性《ひと》と住むなら、隠れ家のような家がいい。そこにいるだけで、優しい気持ちになれるような、そんな家が）

——それは俺が初めて抱いた恋情だった。恋心を秘めながら、有美子さんとデザインに励む日々。だが、それは……あっけなく崩れることになったのだった。


（やった！　大賞だ！）

入賞者の発表の日。ホテルの大広間で待っていた俺は、スライドに映された最優秀作品の発表にぐっと拳を握り締めた。

審査員の満場一致で選ばれた、不思議なデザインの家。遊び心があるが、機能的にも優れている、というコメント付きだ。

プロもアマも入り交じるこの賞は、参加者の個人名は審査員に知らされていない。だからこそ、デザインそのものが評価される場となるのだ。チーム名を呼ばれ賞状を受け取る時も、俺はこの場にいない有美子さんに早く伝えたいと、そればかりを思っていた。

受賞後すぐ、俺は会場を出て有美子さんを捜した。俺がデザインして、有美子さんからアドバイスをもらって、二人で作り上げた作品が受賞したんだ。有美子さんは俺と関わるのは彼女の父親がいい顔をしない、と言って参加者として登録しなかったが、この作品は紛《まぎ》れもなく二人で創り上げたものだ。

（これでやっと、想いを伝えられる）

有美子さんのふわりとした笑顔を思い浮かべ、口元が緩む。俺は急ぎ足で控え室へと向かった。有美子さんはそこで待つと言っていたからだ。

『……』

廊下の角を曲がったところで、俺は足を止めた。有美子さんの声が聞こえた気がしたからだ。控え室と同じ廊下にある「従業員専用」の札がかかったドア。そこから人の気配がする。完全に閉まっていない、細いドアの隙間から彼女の声がした。

「ゆ……」

声をかけようとした俺は、ドアノブに手をかけた状態で止まってしまう。何故なら――有美子さんと話している相手の声が、あまりにも聞き慣れたものだったから。

『……有美子君。君は私の弟子で、私は君の父親と同世代だ。まだ優の方が君にふさわしいだろう』

『先生！　私がずっとお慕いしていたのは、先生なんです！』

（……父さん……？）

何も考えられない。頭の中が真っ白になった俺は、息をすることも忘れて二人の会話を聞いていた。

『父は私をあの人と結婚させるつもりです。それが私の幸せだと言い張って』

『有美子君……』

『でも、私は！　ずっと先生のことがっ……！』

すすり泣く声。なだめている父さんの言葉も耳に入らない。

（有美子さんは……父さんのことが好きだったのか……？）

――優君。優君は素晴らしいデザイナーになるわ。私が保証する。

脳内に浮かんだ、優しい彼女の笑顔にひびが入る。そしてそれは、割れたガラスのように、粉々に砕け散った。

（有美子さんが、俺は父さんとは違う、と言ったのは）

……俺ではなく、父さんを見ていたからなのか。有美子さんは、俺を見ていなかった……

「はは……は」

乾いた嗤《わら》いが唇から漏れた。咄嗟《とっさ》に踵《きびす》を返して、その場から立ち去る。さっきまで色鮮やかだった世界が、視界の端からモノクロに沈んでいく。

（やはり俺は……父さんに敵わないのか……）

デザイナーとしての才能も、そして――

「優君！　こんなところにいたのか」

ぽんと後ろから肩を叩かれた俺は、はっと我に返った。どこをどう歩いていたのか覚えていないが、いつの間にか大広間近くにいたらしい。

「長谷田《はせだ》、さん」

審査員の一人、建築デザイナーの長谷田さんが、ははははと笑って俺の背中を叩く。

「どうした、こんなところでぼやっとして。交流会は欠席と聞いたが、できれば少しの間でも参加してくれたまえ」

（そう言われていたな）

交流会は欠席と返事をしていた。何故なら、発表後すぐに有美子さんに会って――

（っ！）

つきんと胸が痛む。父さんは仕事があるからと不参加の予定だった。有美子さんも交流会には出ないと言っていた。今は――二人の顔を見たくない。参加した方が、あの二人に会わなくて済むかもしれない。

「今回はなかなか才能ある若手が出揃ったから、優君にも良い刺激になるだろう。待っているよ」

「……はい」

満面の笑みを浮かべた長谷田さんを見送った俺は、少し時間を置いた後、交流会の会場へと足を向けたのだった。

＊＊＊

交流会の会場は、同じホテル内にあるレストランだった。始まりの挨拶《あいさつ》が終わり、それぞれグループに分かれたところで、そっと会場に入った。立食形式の会場では、あちらこちらでアルコールを片手にデザイン談議が行われている。俺は知り合いに二言三言挨拶《あいさつ》をした後、疲れているからと言い訳して壁際に立ち、ワイングラスを持て余していた。

学生が大勢参加しているのか、紺や黒のスーツを着た若手の姿が目に付く。そのおかげで俺は、その他大勢に埋没《まいぼつ》することができた。

……もうそろそろ帰るか。そう思いながら赤ワインを飲む俺の耳に、うっとりとした声が聞こえてきた。

「素敵だったなあ……あの大賞作品」

声がした右の方を向くと、グラスを右手に持った、紺色のパンツスーツ姿の小柄な女の子が、俺のすぐ傍に立っていた。

（あれは）

有美子さんのイメージで創ったデザイン。彼女のように温かく包み込んでくれるような、そんな家を、と。

苦々しい想いが胸の中に広がり、喉の奥から口の中にまで苦みがせり上がってくる気がした。

「……あんなの、大したことない」

思わずそう呟くと、ギュン！　と勢い良く彼女の首が回り、俺の方を見た。強い視線が、真っ直ぐに俺を射貫《いぬ》く。真っ黒のストレートヘアに大きな目。幼く見える顔付きに、一瞬高校生かと思ったが、アルコールを飲んでいるのだから成人しているのだろう。頬が紅潮しているところを見ると、かなり出来上がっているようだ。

ぐっと俺の胸元に身体を寄せ、目一杯背伸びした彼女は、俺を睨み付けながら叫んだ。

「何言ってるのよ！　あのデザインの素晴らしさがわからないの⁉　斜面を生かした半地下の寝室も、全面ガラス張りで海が見渡せる広いリビングも、斬新なのにとても落ち着ける雰囲気で、素敵だったわ！　あんなデザインができるなんて、素晴らしい才能よ！」

「……どこが？」

きっと俺の口元はシニカルに歪《ゆが》んでいるはずだ。あの作品は有美子さんに告白するために一心不乱に創り上げた。だが、そんな想いは彼女に届かないばかりか、伝えることすらできなかった。

――ここでも俺は、父さんに敵わなかった。

無力感、やるせなさ、嫉妬《しっと》……一言では言い表せない、どろどろした黒い感情が足の先から心臓まで纏《まと》わり付いてくる。ワイングラスの足を持つ指に力が入ったその時、澄んだ声が俺を制した。

「あなたは感じなかったの？」

「は？」

一瞬気を取られた。真っ直ぐに俺を見つめる瞳の強さに。

「あの作品は一見お遊び要素が強いけど……もの凄く大切な人のために設計された家だったわ。キッチンだって使いやすそうだったし、リビングも心安らげる空間になっていた。色遣いだって、ところどころにある差し色、あれは大切なの人の好みでしょ。多分、その人に隠れ家を提供したかったんだと思う。大切な人が疲れて帰ってきても、温かく迎えてくれる、そんな家を」

「っ！」

俺は大きく目を見開く。差し色……リビングやキッチンの、面積の少ない壁一面だけ、淡いブルーにしていた。そう、有美子さんがよくその色の服を着ていたからだ。

(色遣いが洒落《しゃれ》ていると評価された、けど)

……好きな人が好きな色を使ったのだ、と指摘されたのは初めてだった。

「……そんなこと、なんでわかったんだ？」

「へ？　そんなの見たらわかるじゃない。ラフスケッチの線一本一本に愛情を感じたもの」

彼女は目を瞑り、グラスを両手で持って胸の前に持っていった。つんと顎《あご》を上げたその姿は、まるで祈りを捧げているようにも見える。

「あの家を見たときに潮風を感じたの。半地下なのに大きなガラス窓があって——そりゃ、あれは明かり取りのためだろうけど、風も呼び込むためなんじゃないかって思った。きっと穏やかな空気を身に纏《まと》った、そんな人のための家。ガラスに反射した虹色の光も、海の青さも、そして」

一息置いた後、彼女はこう言った。

「この家を建ててくれてありがとう、嬉しいって微笑む彼女の顔も見えたの」

……優君、ありがとう。私のために考えてくれたのね……

有美子さんの声が聞こえた気がした。どくんと心臓が大きく鳴る。

(なん……で)

どうして、君がそんなことを言うんだ。俺のことを知らないくせに、心の底まで見透かしたようなことを。

あっけなく砕け散った想い。有美子さんは父さんが好きで、俺のことは生徒としか思っていなかった。だから、あの家をデザインしたのも、全部無駄だったのかと虚《むな》しくなって。……ああ、だけど。

「……いいのか？　あの家は……手の届かない女性《ひと》のためのもので、結局伝えることなく終わってしまった想いの、残骸《ざんがい》だとしても」

思わずそう呟くと、バシン！　といきなり肩を叩かれた。

「何言ってるのよ！」

左手に持つグラスをぐいと呷《あお》った彼女が、俺を見上げる。

「あんなに素敵な作品を生み出したのだから、素敵な恋だったに違いないでしょ！　そりゃ叶わなかったのかもしれないけど、それでもこんなに人を感動させる力があるんだから！」

彼女の漆黒の瞳に吸い込まれそうになる。深くて温かくて力強くて。

「世界中の誰もが否定しても、私が肯定するわよ！　あなたの恋は素晴らしかったたって！」

彼女の言葉が、俺の心の奥まで染み込んでくる。彼女が与えてくれた光が、俺の中の澱《よど》んだ気持ちを照らしてくれた、気がした。

彼女は認めてくれたんだ。有美子さんへの想いを。

俺ですら、この気持ちは許されないと思い込んでいたのに。

彼女は……この想いを素敵だと言ってくれた。俺が誰かも知らずに、俺のことを丸ごと肯定してくれたんだ……

硬く閉ざされていた心が、ゆっくりと解けていく。じわじわと喉に熱いものがせり上がってきた。

「……あれ？　どうしたの？」

彼女が不思議そうに首を傾げ、右手を俺の左頬に当てた。涙を拭われて初めて、俺は頬を濡らしていたことに気が付いた。俺は震える唇をゆっくりと開く。

「今から、ここを出て飲み直さないか？　奢《おご》るよ」

「へ？」

きょとんと目を丸くする彼女の表情は、胸が痛くなるくらい可愛らしい。そう思えたことに、自分でも驚く。だって俺は、ついさっき長年の片思いが破れたところだったのに。

「君とデザインの話がしたいんだ。どうかな？」

「いいわね！　とことん付き合うわよ」

大きな瞳に宿る好奇心に見惚《みと》れる。ぱあっと表情が明るくなったのは、きっと彼女が、デザインが好きで堪《たま》らないからだろう。こんな純粋な想いでデザインについて語り合えるなんて――何年ぶりだろう。俺の心臓もいつの間にか早鐘を打っていた。

満面の笑みを浮かべた彼女を連れて、俺は会場を後にした。知り合いに見つからないように、さっさと歩く。程よく酔いが回った参加者は、誰も俺達に目を留めない。

ほんのり頬を染めている彼女を、あまり歩かせるのは酷《こく》だろう。ロビーを出て、止まっていたタクシーに乗り込み、この近くにあるホテルの名を告げた。そこは父さんがよく利用している関係で、俺にも馴染《なじ》みのホテルだった。趣《おもむき》のあるラウンジがあることも知っている。彼女と飲み直すのにはぴったりだ——そう思った。


ホテルのラウンジで、俺と彼女はカウンターに座り、デザイン談議に花を咲かせた。ろれつが回っていない時もあったが、彼女が明確な主張を持ってデザインをしているということは、まざまざと感じさせられた。

「私ね、家のリフォームがきっかけで、建築デザイナーになろうと決めたんだ」

彼女は笑いながら、自分がどうしてデザインに興味を持ったのかを語り出した。

「私のお母さんは、私よりも小柄でね、キッチンの流し台とか標準の高さでも使いにくそうにしてた。いつも床に置いた踏み台に乗って料理してて……なんか危ないなあって思ってた」

彼女は俺よりも頭一つ分は身長が低かった。それより小柄だと、標準サイズでは合わなかったのだろう。

「お父さんもそれに気が付いてたのかな。ある日家のリフォームをするって言い出して。それで家に来てくれたデザイナーさんが……すっごくいい人だったの」

「へえ」

「知り合いの工務店に紹介された人だったんだけど、センスある人で。お父さんやお母さんの望みを上手に質問して引き出してくれて」

その時のことを思い出しているのか、彼女の目がきらきら輝いている。

「可動式の流し台が、お母さんの身長に合う高さに調整できて……台に乗らなくても楽に料理や洗い物ができるって、お母さん泣いて喜んでた。やっぱり火の近くで踏み台に乗るの、怖かったんだって」

そこで息を切った彼女が、一口カクテルを飲む。

「だけど、キッチンのリフォーム後は本当に嬉しそうにお料理してて……建築デザイナーって、こんなに人を幸せにできる職業なんだって、私もこんな風に人を笑顔にしたいって思った。だから目一杯勉強して、尊敬する教授のいる大学に入ったの」

彼女がカクテルグラスを両手で握り締めた。

「思う存分デザインの勉強ができて、ほんとに充実してるけど、まだまだなんだ。そう……あの作品みたいに、感情を揺さぶられる作品を創りたい」

そう言って笑う彼女が眩しい。なんの裏表もなく、純粋にデザインが好きで、デザイナーになろうとしているのか。

(俺、は)

俺も同じように思っていた。小学生の時、父さんが設計したアジア大会の会場を見て感動して、俺もこんな風に人を感動させる作品を手がけたいと、そう思った。だから、デザイナーを目指すと決めたのに。

……いつの間にか、父さんと比較されることに拗《す》ねてしまっていた。評価されても素直に喜ぶことができなかった。だから、自分を認めてくれた有美子さんに縋ろうとしていたのか。

有美子さんの想いが、父さんにあるとも気付かずに。

「……カッコ悪……」

思わずそう呟くと、彼女がきょとんと首を傾げる。

「何が？」

やがて、はっとした顔をした彼女が、俺の背中を右手でバンバン叩いた。

「だいじょーぶ！　私のデザインも箸《はし》にも棒にもかからなかったから！　今回落選でも、次があるじゃない！」

……俺が受賞を逃したから、落ち込んでいると思ってるのか。大賞を受賞したのは俺だと、言い出しにくくなったな。

「ふにゃ……」

彼女がとろんと目を瞬かせた。時間も遅いし、本当はもう帰らせないといけないんだろう。でも、どうしてもそんな気になれなかった。俺の想いを救ってくれた彼女と、もっと一緒にいたい。そう思い、眠たげな彼女の耳元で、そっと囁《ささや》く。

「……俺は……今一人になりたくないんだ。だから」

こんなことを会ったばかりの彼女に告げるなんて、今日が始まる頃には思ってもみなかった。でも今は……彼女の輝きに、温かさにもっと触れていたい。

「その……一緒にいてくれないか。出会ったばかりだけど、俺は君と一緒にいたい」

高鳴る胸を抑えながらそう言った俺に、彼女はへらりと笑ったのだ。

「うん、いいよー。私ももっと……」

あなたと話がしたいから。

彼女の言葉を聞いた俺は——思わず彼女を抱き寄せ、強く抱き締めたのだった。

＊＊＊

俺は本当に幸せだった。有美子さんに失恋したばかりで、こんなに早く次の恋に落ちるなんて、思ってもみなかった。

……彼女は、俺が初めてだった。

『いたっ……！』と顔を顰《しか》めた彼女が堪《たま》らなく愛おしかった。小柄なのに豊かな胸の膨らみも、手に吸い付くような滑らかな肌も、夢中になって貪《むさぼ》ってしまった。

彼女はコトが終わった途端、ぱたりと気を失うように寝てしまった。そうなってから、俺は彼女の名前も聞いてないことに、俺も名乗っていないことに気が付く。

（俺、浮かれてたな……）

彼女が目覚めたら、なんて言おう。まずキスをして、名前を聞いて、俺のことも話して……

翌朝、そう思いながらシャワーを浴び、部屋に戻った俺は――彼女の血の跡が残ったシーツしか残っていない空《から》のベッドを見て、愕然《がくぜん》としたのだった。

＊＊＊

有美子さんに会ったのは、その日の午後。彼女の方から会いたいと連絡があったのだ。大学近くのカフェで待っていた有美子さんは、お気に入りの薄いブルーの上着にアイボリーのフレアースカートを着ていて、相変わらず綺麗だった。

でも……もう彼女を見ても、疼《うず》くような胸の痛みは起こらなかった。

「優君、大賞おめでとう。良かったわね」

有美子さんにそう言われても、俺は「……はい、ありがとうございます」としか返せなかった。

俺の心はもう、あの彼女で一杯になっていたからだ。

朝、彼女がいなくなった、と気付いた俺は、慌てて交流会の会場となったホテルに戻った。もしかしたらと一縷《いちる》の望みをかけていたが、結局そこにも彼女はいなかった。

顔見知りの審査員の姿を見かけた俺は、交流会に出ていた参加者について聞いてみた。彼が言うには、賞に応募した人だけでなく、様々な大学の学生や、各社の新人もスタッフとして参加していたため、総勢百名を超える参加者がいた、賞を受賞したチームメンバーならともかく、ただの参加者から一人を捜すのは難しい……と。

「優君、どうしたの？　ぼーっとして」

有美子さんの訝《いぶか》しげな声に我に返る。「すみません、疲れていて」と言うと、彼女は「そうよね、このために今まで頑張ってきたのだから、少し休んでもいいかもね」と笑った後、こう言葉を続けた。

「……最後に優君の作品のお手伝いができて良かったわ」

俺は有美子さんを真っ直ぐに見た。伏し目がちに儚《はかな》く笑う彼女は、今にも消えてしまいそうな雰囲気を醸《かも》し出していた。

「最後って……」

「私ね、大学の講師を辞めて……結婚するの」

（！）

諦めの滲《にじ》んだ声。俺は膝の上に置いた拳にぐっと力を入れた。

「元々、講師は結婚するまでって約束だったから。ちょうど……このタイミングで良かったの」

（……どうして）

有美子さんは父さんに告白していたじゃないか。なのに結婚するだなんて。

（もしか、して）

……この賞は有美子さんにとっても、賭けだったのか。もし、父さんが自分を受け入れてくれたら、と期待して……だが。

（父さんは、有美子さんを拒絶したのか……）

有美子さんは、息子である俺の方と年齢が近い。しかも、父さんを目の敵にしている山形社長の一人娘だ。山形社長が『自分の息子と同年代の娘を誘惑した』などと騒ぎ立てたら、とんでもない醜聞《しゅうぶん》になるのは間違いない。

この時、父さんは大きな仕事を抱えていた。公共施設関係だから、スキャンダルなど許されない。

（父さんが有美子さんをどう思っているのかはわからないが……多分会社や社員のこと、そして有美子さんの将来のことを考えて、断ったんだろう）

苦々しい思いが胸の中を染めていく。父さんを好きになったこと、彼女は後悔しているのだろうか。

俺は。

（……彼女に救われたから、報われない想いも意味があったんだと思えるようになったんだ。なら、有美子さんも）

「……ありがとうございました。俺は……有美子さんの幸せを願っています」

その想いが、有美子さんにとって温かいものであるように。素直にそう思えたのは……彼女のおかげだ。

有美子さんは目を見開いた後、口元を綻《ほころ》ばせた。

「優君、ありがとう。優君のおかげで楽しかった。最後の仕事が、優君とペアで良かった」

そう笑う有美子さんは、目尻に涙を溜めていて……俺は何も言うことができなくなったのだった。


その後、有美子さんは銀行の頭取の息子と結婚した。しばらくはデザイナーの仕事を控え、家庭に専念する、と雑誌で読んだ。

父さんは何も言わなかったが、どこか気落ちしている雰囲気だった。そして、俺も――


――諦め切れなかった俺は、その後も、あの時会場で見かけた知り合いを訪ねて回った。だが、誰もが同じことを言った。

『あの場にスーツを着た女性は沢山いたからねえ』

『応募者もかなりの数だったからなあ』

関係者以外は、応募者の一覧は見せてもらえない。父さんにも聞いてみたが、全ての応募者の名前は当然覚えていなかった。


……告げることもなく終わってしまった恋。そしてその恋を完全に上書きした彼女は、忽然《こつぜん》と姿を消したまま。

彼女にとって、あの夜はなんでもなかったのか？

彼女にとって、俺は……なんでもなかったのか？

何も聞かず、何も告げず、姿を消してしまうぐらい……あの夜のことを忘れたかったのか？

俺はあのホテルの部屋を長期で借り、一人でキングサイズのベッドに転がっていた。ぱりっと洗濯したシーツからは、とうの昔に消えてしまった彼女の匂い、彼女の声、彼女の体温……何度も何度も、あの夜のコトを思い出した。彼女の面影《おもかげ》を忘れたくなくて何度も何度も、思い出しながら精を吐いた。

それでも……どんなに捜しても……彼女という人間はこの世から消え去ってしまったかのように、見つからなかった。

——そうして半年を過ぎる頃には……俺はすっかり諦めてしまっていた。彼女に対する想いは、思慕《しぼ》から怨念《おんねん》に変わっていたかもしれない。もう、あの夜のことは忘れよう、あんな女のことは忘れよう。あれはただの幻だったんだ。俺のことを、俺の気持ちを理解してくれる人など、いなかったんだ。

俺は完全に拗《す》ね切っていた。もう女性とまともに付き合う気力も起きず、御曹司というステータスに惹かれて近付いてくるハイエナを、さらりと笑顔でかわすだけになっていた。

そして新入社員としてHODAKA　DESIGN　COMPANYに入社した時——俺は再びガツンと頭を

殴られるような衝撃に出くわすことになったのだった。

「穂高くんって、穂高社長の息子なんですって⁉」

「学生時代から活躍してたって聞いた。同期にそんな人がいるなんて、鼻が高いよ」

「ありがとう。俺自身はまだまだだと思っているから、同期としてよろしく頼むよ」

新人説明会の後、俺の周りにはやはり似たような人間ばかりが集まってきていた。俺が社長令息だと知り、おこぼれに与《あず》かりたいと顔に書いてある。

いつもの笑顔で返していた俺は、ふと異質な視線に気が付いた。そちらに目を向けた俺の心臓は一瞬、鼓動を止めた。

じっと俺を見ている大きな目。ボブカットの黒髪に小さな鼻。黒色のパンツスーツを纏《まと》った身体は小柄だが、胸が豊かなことは俺の手が覚えている。

あの夜の彼女が、そこに立っていた。あの夜に会った姿、そのままで。

(どうして、ここに)

今まで上げていた口角が下がり、顔が引《ひ》き攣《つ》っているのがわかる。おまけに彼女は俺と目が合った時——不思議そうに首を傾げたのだ。

そう、俺のことなんて、あの夜のコトなんて、何も覚えていない、と言わんばかりに。

(俺のことを弄んだのか⁉)

俺にとっては大切な夜だったのに。彼女にとっては、思い出す価値もない、その程度の夜だったのか。

思わず睨み付けると、彼女の口もへの字に曲がり、きっと睨み返してきた。

「ねえ、あの人と知り合い？」

隣にいた女性が話しかけてきて、我に返った俺は、煮え滾《たぎ》る内心を隠して、再び笑みを浮かべた。

「知り合いに似てたんだ。別人だったよ」

そのまま彼女に背を向け、会話を再開した俺は……彼女が足音高く立ち去っていくのを背中で感じていたのだった。


同じ会社に就職していただけでも衝撃だったのに、配属先まで同じとは。

先日の俺の態度が気に食わなかったのか、俺と目が合った途端、彼女は「げ」と嫌そうな表情になった。俺もすっと視線を逸らした。

俺の自己紹介を聞いた彼女は、一瞬目を大きく見開いたが、すぐに眉間に皺を寄せた。

(他の人間と反応が違うな)

俺が名乗ると、ぎらぎらした欲を湛《たた》えた瞳を向けてくるのが普通だ。だが、真横にいる彼女は、単に気に食わないという顔付きだ。

その反応が妙に気になり、とんと彼女の眉間の皺を人差し指で叩くと、目を吊り上げて口を開いた彼女は、途中でなんとか口を閉じた。言い返そうとしたのを抑えたらしい。なかなか喧嘩《けんか》っ早い性格だな。

「三森香苗です。よろしくお願いいたします」

こうして俺は、あれほど焦がれていた彼女の名を、自己紹介で知ることができたのだった。

＊＊＊

喧嘩《けんか》っ早い、と感じたのは間違いではなかった。香苗の性格を一言で表すなら、猪突猛進《ちょとつもうしん》。何事にも全力でぶち当たり、物怖《ものお》じせず自分の意見をはっきり口に出す。だが、自分よりも人の意見が優れていると思った場合は素直に同意し、更にその意見を参考に自分を高めていこうとする、向上心の塊《かたまり》のような女性だった。

デザイナーの世界では、裏で足を引っ張り合う、なんてことは日常茶飯事だ。俺も何度か足を掬《すく》われそうになったことがある。しかし香苗は、全く裏工作をしない……というかできない性格で、あくまで自分の実力で勝負を挑んでくる。

「穂高！　いつかぎゃふんと言わせてやるからっ！」

俺のデザインが採用された時、いつもそう言って噛み付いてくるが、香苗から妨害を受けたことは一度もない。それどころか。

『三森、お前穂高に挑んだって無駄だろ？』

『どうしてよ？』

『だってあいつ、社長の息子だぜ？　俺達がいくら良い案出したって、あいつの引き立て役にしかならないだろ？　これだけ穂高のデザインが採用されるの、おかしいと思わないのか？』

確か入社三年目すぐのこと。自動販売機にコーヒーを買いに行った時に聞いた、香苗と同期達の言葉。思わず立ち止まり、給湯室の陰に隠れた。

『そうそう、あいつに突っかからずに、まだ媚《こ》び売ってる方が採用されるんじゃないか？』

『そうだな、穂高も三森のことは気にかけてるようだし』

同期連中の中にも、そう思っている輩《やから》が多いことは知っていた。だから、今更失望などしない。

(香苗も……こいつらと同じことを思ってるのか？)

『——あんた達、私に喧嘩《けんか》売ってるわけ？』

香苗の声が低い。ドスの利いた声に、周囲がしんと静まった。

『穂高のデザインが採用されてるのは、優秀だからじゃない。あんた達の中で、あのレベルのデザイン提出できる人いるの⁉』

『三森、お前穂高と仲悪いんじゃ』

戸惑ったような同期の声が香苗の声に掻き消される。

『仲が良いとか悪いとかの問題じゃない。穂高は実力で認められてる。採用された穂高のデザインはどれも素晴らしかった。悔しいけど、今の私じゃ太刀打《たちう》ちできないレベルだと思ってる。だから』
一呼吸置いた後、香苗が叫んだ。
『だから、穂高と真っ向勝負をして勝ちたいんじゃない！　媚《こ》び売るとか、陰で悪口とかやってる場合じゃないでしょ！　穂高は私のライバルなんだから！　私のライバルを蔑《ないがし》ろにするような発言はしないでよ！』

ああ、まただ。

一度は諦めたのに。

こんなにも彼女は真っ直ぐで……俺の心臓を鷲掴《わしづか》みにしてくる。

(やっぱり……欲しいんだ)

俺を真っ直ぐに見てくれる視線も。ちょこまかと走り回る身体も。クライアントに向ける、優しい笑顔も。パソコンに向かって必死にキーボードを叩いている背中も。

そう、俺に向けてくる、ライバル心剥《む》き出しの心まで。

(香苗の全てが、欲しい)

この瞬間、俺はそう心に決めた。たとえ彼女があの夜をなかったことにしたくても。そんなことは許さない。

(俺の持てる力全てを使って、香苗を囲い込んでやる)

そっと、香苗が気付かないように。恋愛関係に鈍そうな香苗は、多分気が付かない。その間に不穏分子を処理して、それから。

「あの夜、持ち逃げした俺の気持ちも……返してもらうからな？」

俺は静かにその場を立ち去った。今からどうやって香苗を捕《獲物》らえよう、その高揚した気持ちのまま自席に戻った俺は、「穂高……すげえ悪そうな表情《かお》になってるぞ」と同期の山田浩成《こうせい》に指摘されたのだった。


「いや穂高さあ、煽《あお》りすぎじゃねえの、三森のこと」

「山田」

「三森に嫌みを言って、いちいち突っかかるきっかけ作ったりしてさ、なんつーか……見てられねえわ。哀れすぎて」

そう言って隣を歩いている山田が溜息をついた。たまたま同じ会社に社用外出となり、今二人で駅に向かって歩いているところだ。

「三森ってあの通り、デザイン馬鹿だろ？　お前のデザインのことは認めてるけど、『打倒穂高っ！』ってハチマキ巻いて、お前自身のことは目の敵にしてないか？」

「……余計なお世話だ」

「なんと言っても、三森にはお前の御曹司ステータスが通用しねえからなあ。俺のこともさっぱりだし」

体格がごつくて、建設現場でよく作業員に紛《まぎ》れてしまう山田は、『土建屋の息子』と名乗っているが、その土建屋が「本州と島を結ぶ大橋を建築するレベルの建設会社」だと気が付いているヤツは少ない。たまたま香苗とデザインの話になり、あの大橋は山田の親の会社が造った、と知った時の香苗は、

『え、そうなの!? それだったら、建築模型の写真とか設計図とか、公開してる部分でいいから手に入らない!?』

……と瞳を輝かせて言ったとか。まあそれぐらいなら、と資料を渡すと『ありがとう、山田くん！』と大喜びして、昼食を奢《おご》ってくれたそうだ。

そしてその後はふつーに同期としての会話しかない、と山田が苦笑する。山田も色々便宜《べんぎ》を図ってくれただのなんだのと言われることが少なくないから、香苗の態度に安心できるんだろう。

「そうだよな、お前、俺に黙って香苗と食事に」

じろりと山田を睨むと、彼はお手上げのポーズをした。

「だから殺気出すなって。酒も飲んでねえし、ファミレスでランチを奢《おご》ってもらっただけだろうが。大体、三森と二人きりじゃなくて九条さんもいたんだしさ」

同期の中で、香苗と一番親しい九条冬子はクール美人と呼ばれているが、どうやら彼女は山田の好みにドンピシャリ、だったようで。そのランチをきっかけに山田は色々アプローチしている。

「周囲を牽制《けんせい》するのもいいが、本人からの印象アップを心がけた方がいいと思うぞ、俺は。あれじゃやな～」

山田の言うこともわかっている。香苗は恋愛事に疎《うと》く全く気が付いていないが、小柄で可愛らしい容姿、何事にも前向きで明るい性格に、惹かれるヤツもそこそこいる。まあ、その度《たび》に裏で潰してきた結果、『三森香苗に手を出すな』と社内では噂《うわさ》されるようになったらしいが。

「……俺に敵対心を持っている間は、香苗の心は俺のことで一杯だってことだろ？」

あの夜のことをあっさり消してしまった香苗。俺だけが、あの夜の残骸《ざんがい》に苦しんでいるなんて、許せない。だから、どんな形でも、俺と同じように、香苗の心も俺で埋め尽くされていてほしいんだ。

俺の言葉を聞いた山田は「お前拗《こじ》らせすぎて、認識歪《ゆが》んでるぞ」と切り返してきた。

「三森に穂高の気持ちを伝えろよ。あいつお前の裏まで読めるタイプじゃないだろ。三森もお前に嫌われてるって思い込んでる可能性高いぞ」

「……」

いがみ合っている同期。それが香苗の認識だろう。それを覆《くつがえ》すチャンスは……まだない。

「まさか、三森に突っかかられてるのも、嬉しいのか？　三森の関心を引けるから？」

黙ったままの俺の右肩に、ぽんと大きな手が載った。

「普段、御曹司スマイル振りまいてる男とは思えないよな、その不器用さ加減。九条さんにも協力するように頼んでみるから、まあ頑張れ」

山田の哀れみを含む視線から目を逸らし、俺は「ああ」と短く返事をしたのだった。

＊＊＊

そして――そのチャンスが来たのは、突然だった。

「え、穂高と組むって……どういうことですか？」

驚いている香苗の左横に立つ俺は、竹田課長から示されたコンペの資料に目を通しているフリをするのが精一杯だった。

個人住宅をメインで手がけている香苗が、大型建造物のデザインもやりたいと思っていることは知っていた。古くなった駅前ビルの再開発。それは正に、香苗がやりたいと思っていた大型案件。

しかも、コンペに出るにあたり、俺と香苗がペアを組めばいいいんじゃないかと課長から声をかけてくれたのだ。

『三森は実用的で機能性に優れたデザインが得意だ。穂高は曲線を程よく使い、斬新で人目を惹くデザインが得意。二人の力を合わせれば、よいデザインができると思う』

そう俺に言ってくれた課長には感謝しかない。

「その一つを俺と三森で担当するということでしょうか？」

そう俺が課長に聞くと、隣の香苗から鋭い視線が刺さってくる。多分、俺とペアを組むなんて御《ご》免《めん》だ、とか思っているんだろう。

（だが、俺が持っている資料を見る香苗の顔は）

デザインに入り込んでいる表情だ。多分今、香苗の中には、俺も竹田課長もいない。完全にビルの写真に魅入《みい》られている。

（絶対にこの案件を手がけたいと思っているだろう？）

「で？　三森はどうする？　俺はこの案件を手がけたい」

香苗の迷いを感じた俺は、あえて聞いた。

「自信がないのか？　まあ、三森は大型案件のデザインなんて、まだ関わったことがないからな」

そう言った途端、香苗の目が三角になる。

「何言ってるのよ！　私もやるに決まってるでしょうが！」

（やった）

思わず満足の笑みを浮かべた俺は、竹田課長に香苗と二人で案件を引き受けると宣言した。しまった、と顔を顰《ひそ》めた香苗。だが、竹田課長に頑張れと言われた彼女は、渋々……本当に渋々頷いたのだった。


コンペの検討が始まった。会議室を一つ貸し切りにし、そこで香苗と二人きりの作業。未《いま》だに香苗は俺を睨んだりすることもあるが、そんな顔も俺の目には可愛いとしか映らない。

「ねえ、穂高。この過去案件だけど、もっと詳細の資料ないかな」

仕事中の香苗は、本当に仕事に夢中で……「この資料の三十二ページ目を見てくれ」と香苗の背中を覆うように俺が後ろから接近しても「ふんふん、こうなってたのね。ありがと穂高」としれっと流してしまう。

（本当に俺本人に興味がないんだな）

これほど焦がれているのが俺だけだ、という事実に打ちのめされそうになる。俺はこうして傍にいるだけでも、肌が熱くなってくるのに、香苗は全くそうではない。気に食わない同期というレッテルを剥《は》がすのには、まだ時間がかかるのか。

（香苗が他の男に心を寄せていることはないはず）

香苗は良くも悪くも正直だから、好きな男ができれば態度が変わるに違いない。今のところ、俺よりも関わりの深い男は社内にはいないし、仕事一筋の彼女は、休日はほぼ寝て過ごす、ということも九条さんからリサーチ済みだ。香苗のことをしつこく聞いた俺は、九条さんに『穂高くんって見た目よりも残念な男だったのね』と呆れられたが。

山田からも『お前、早く三森とどうにかなれよ。三森に関わる男どもに威圧感出しすぎだろ。それに三森に手を出そうとした受付嬢を交代させたって？　まあ、彼女には俺もメイワクしてたからちょうど良かったけどさ……本当、何も知らない三森が気の毒でならない』と散々言われたが、仕方ないだろう。下手に悟られて、逃げ出されたら困る。香苗は逃げ足が速いんだ。まあ、もう二度と逃がす気はないが。

なんとかもっと近付きたい。そう思っていた俺は、どうにか香苗を現地視察に誘うことに成功した。

連れ立って一階ロビーを出る前に、香苗がフリースペースの方に視線を向けた。

「ちょっと見てくる。少し待ってて」

香苗は躊躇《ためら》いもなく真っ直ぐに歩き、その一番奥の突き当たりで足を止めた。彼女が見上げている作品は——あの時のものだ。有美子さんにアドバイスをもらいながら仕上げた作品。これで大賞を取れたら、彼女に告白しようと決め、一心不乱に作り上げたもの。

(香苗は最初からこの家を好きだと言っていたな)

新人歓迎会でも、香苗は『素晴らしい作品だ』とうっとりした表情を浮かべていた。


「やっぱり……凄いなあ」

「三森は今でもこの作品が好きなのか？」

そう聞くと、くるりと香苗が振り返った。むっとした表情で口を開く。

「当然じゃない。発想は奇抜《きばつ》だけど、地下だから温度差が少なくて夏も冬も過ごしやすい空間になってるし、なんと言ってもワクワクする作品でしょ？　こんなところに住めたら、毎日楽しいだろうなあって思う」

「……」

「穂高は気に入らないみたいだけど」

気に入らないんじゃない。初恋の人を思いながら作った作品を、最愛の人が好きだと言う。それがなんとも気まずいだけなんだ。それに……

「毎日楽しい……か」

この図を描いていた頃は、有美子さんへの想いが心から溢《こぼ》れそうになっていた。そう、二人でこの家で暮らせたらと、思っていた。

──有美子さんが父さんのことを好きだとも知らずに。

鈍い胸の痛みに気を取られている間に、香苗はぷいと方向転換して歩き始めた。俺は黙ったまま、彼女と一緒に歩き出す。

そうして現場に到着するまで……俺と香苗との間に会話は発生しなかった。

老朽化したビルの前に、香苗と一緒に立つ。廃ビルを見つめる香苗の瞳は、ここではないどこかを見ていた。おそらく彼女の目には、かつてこの場所が繁栄していた頃の様子が映っているのだろう。

彼女が油断をしている間に、彼女のスマホを借りて二人の写真を撮る。ぷくっと頬を膨らませた香苗の表情が、堪《たま》らなく可愛い。写真を俺のスマホに送信しろと言って、香苗のプライベートの連絡先を手に入れた。

……本当は、連絡先自体はすでに知っていた。だが、香苗から聞いた風を装《よそお》わないと、堂々と連絡できない。これでようやく個人的な連絡ができるようになった。

(……可愛い)

香苗は表情豊かで、よく笑うし、よく怒る。俺にはぷんと拗《す》ねた表情を見せることが多いが、その顔すらも愛おしく思っているだなんて、全く気付いていないんだろうな。

今だって俺のことなどお構いなしに、隣で美味しそうに焼き鳥を食べている。香苗がノンアルを注文したことを不思議に思い、問い質《ただ》したところ……衝撃的な事実にぶち当たったのだった。


「ああ、うん。飲めないわけじゃないけど……一度お酒で失敗したから」

「交流会みたいなのに参加して飲みすぎて、記憶を飛ばしちゃったの。朝起きたら、全く何も覚えてなくて、怖くてパニックになって……それで、あんな思いをするんだったら、もう飲まないって決めたの」


（……全く記憶がなかった、とは）

つまり香苗は、俺のことをあえて無視していたのではなく、あの夜のコトを全く覚えていなかったからあんな態度、だったのか。

あの夜を無視するほど、俺のことを嫌っているのかと思っていた。だが単に覚えていなかっただけなら。

（なら、遠慮する必要はないな）

もう一度、二度と忘れたりしないように、あの柔らかな身体に俺を刻み込んでやる——

根が単純な香苗を丸め込むのは、赤子の手をひねるよりも容易《たやす》い。飯塚達を口実にして付き合おうと言った時も、香苗は『コンペが終わったら関係を終える』気でいることがすぐにわかった。この俺が、一度掴んだ香苗の手を離すわけがないだろう？

（今度こそ逃がさない）

少しずつ距離を縮めて、少しずつ俺が身体に触れるのに慣れさせて、少しずつ俺と一緒にいるのが当たり前に感じるようにして。

――そして。

――あの夜の相手が俺だったと教えて。

「お前は俺を惚れさせて、名乗りもせずに逃げた。あの夜のことがショックで、俺は女性と付き合うことができなくなった」

「……二度と忘れないよう、俺をお前に刻みたい。今夜は付き合ってくれるよな？」

「……俺は香苗を抱きたい。今すぐに」

「責任取ってくれると言っただろ？　慰謝料はいらない、香苗が欲しい」

情に流されやすい彼女の罪悪感を煽《あお》った俺はようやく……六年待ち続けた香苗の身体に溺れることができたのだった。

＊＊＊

「穂高ぁ～、もう無理……」

のへっとテーブルに突っ伏している香苗のすぐ横に、モーニングセットが載ったトレイを置く。

「平日はやめてって言ったじゃない……」

顔を上げ、口を尖《とが》らせた香苗は今、ワイシャツを着ている。小柄な彼女が俺のワイシャツを着ると、本当にぶかぶかで、袖を二重にまくり上げても、長袖を着ているようだ。第二ボタンまで外れた喉元に見え隠れするのは、昨夜俺が付けた赤い花。香苗の白くてもっちりした肌によく映えている。

ワイシャツの裾がちょうど膝の上ぐらいだ。ちらちらと見える生足にも、当然俺の痕を付けている。香苗は恥ずかしいと嫌がるが、首元にもぎりぎり見える位置に吸い痕を付けるようにしている。害虫除けだ。

「ううう……腰痛い……」

尾てい骨周辺を擦りながら、香苗が俺を睨む。

「だから、山田くんは私のこと心配してくれただけだって！　有美子さんが日本に戻ってきて、うちに入ってくることになったでしょ？　穂高がまた忙しくなるだろうから誤解するなって忠告してくれただけで」

俺は香苗の真正面に座り、テーブルの上で指を組む。

「だからあいつと二人きりで長々喋ってた、と？」

俺が外出している間に、二人が社内カフェで楽しそうに話している、と親切にも教えてくれた女については、後で調べる必要があるが。

「笑顔が黒いよ、穂高……」

「優、だろ」

「ゆ、優」

香苗が真っ赤になり、俺の名を呼ぶ。まだ名を呼びづらいのか、たどたどしいのがなんとも愛らしい。

「わ、私が好きなのは優なんだから、どんと構えてればいいでしょ」

ぷいと横を向いてそう零《こぼ》す香苗が、可愛くて愛おしくて、心臓が潰れそうになる。

俺に対してだけは素直じゃない香苗。拗《す》ねたように曲げる口元も、結局は俺に流されて溶けてしまう瞳も、全部——俺だけのモノだ。


「香苗」

身を乗り出し、テーブル越しに香苗の唇にキスを落とす。

「香苗に関わる男ども全てに嫉妬《しっと》してるんだ、俺は。なんと言っても、逃げられた過去があるからな？」

あの時のコトを言うと、香苗は眉を下げて口籠《くちごも》ってしまう。

「もう逃げないって言ってるのに」

「それでも逃げられた痛みはなかなか忘れられないんだ」

もし今、香苗が俺から逃げ出そうとしようものなら。最愛の人でも容赦などできない。きっと山奥の誰も来ない別荘に閉じ込めて、何日も何日も香苗が壊れるぐらい抱き潰してしまうだろう。

(別荘の候補地もピックアップしていて、足首に嵌《は》める鎖も購入済みだと知ったら、引かれるかもしれないな)

……ファー付きの手錠を見つけた彼女は、呆れた顔で見ていたが。仕方ないだろう、香苗を束縛したくて堪《たま》らないんだ、俺は。父さんと話しているだけでも、山田と話しているだけでも、胸の奥にどろどろした暗い感情が湧き上がってくることを、彼女は知らない。

「香苗が俺から逃げないなら、俺も香苗の自由を奪ったりはしないさ」

そう呟いて香苗の左頬を撫でると、彼女は上目遣いで俺を睨んできた。

「今でも結構自由を奪われてる気がするんだけど」

「気のせいだ」

「ううう、たまには休肝日ならぬ休ベッド日を」

「却下」

「ううう」

睨む姿も、可愛い。するりと俺の手から逃げ出そうとする猫のような香苗。でも逃がさない――――永遠に。

「香苗はそのまま、俺に愛されていればいいから」

そう言って微笑むと、香苗は膨らませた頬を真っ赤に染め、またジト目で俺を睨み付けてきたのだった。

〜大人のための恋愛小説レーベル〜

ETERNITY
エタニティブックス

ETERNITY Rouge エタニティブックス

イケメンの本気に甘く陥落！
不埒な社長と熱い一夜を過ごしたら、溺愛沼に堕とされました

エタニティブックス・赤

加地《かじ》アヤメ

装丁イラスト／秋吉しま

カフェの新規開発を担当する三十歳の真白《ましろ》。気付けば、すっかりおひとり様生活を満喫していた。そんなある日、思いがけず仕事相手のイケメン社長・八子《やこ》と濃密な一夜を過ごしてしまう。相手は色恋に長けたモテ男！　きっとワンナイトの遊びだろうと思っていたら、容赦ない本気のアプローチが始まって⁉　不埒で一途なイケメン社長と、恋愛脳退化中の残念ＯＬの蕩けるまじラブ！

※エタニティブックスは大人の女性のための恋愛小説レーベルです。ロゴマークの色で性描写の有無を判断することができます（赤・一定以上の性描写あり、ロゼ・性描写あり、白・性描写なし）。

詳しくは公式サイトにてご確認ください。
https://eternity.alphapolis.co.jp/

携帯サイトはこちらから！

この作品に対する皆様のご意見・ご感想をお待ちしております。

おハガキ・お手紙は以下の宛先にお送りください。

【宛先】

〒150-6008 東京都渋谷区恵比寿4-20-3 恵比寿ｶﾞｰﾃﾞﾝﾌﾟﾚｲｽﾀﾜｰ 8F
（株）アルファポリス　書籍感想係

メールフォームでのご意見・ご感想は右のＱＲコードから、
あるいは以下のワードで検索をかけてください。

アルファポリス　書籍の感想　検索

ご感想はこちらから

御曹司《おんぞうし》だからと容赦《ようしゃ》しません!?

あかし瑞穂（あかしみずほ）

2023年 1月 20日初版発行

編集－反田理美
編集長－倉持真理
発行者－梶本雄介
発行所－株式会社アルファポリス
〒150-6008 東京都渋谷区恵比寿4-20-3 恵比寿ｶﾞｰﾃﾞﾝﾌﾟﾚｲｽﾀﾜｰ8F
TEL 03-6277-1601（営業） 03-6277-1602（編集）
URL https://www.alphapolis.co.jp/
発売元－株式会社星雲社（共同出版社・流通責任出版社）
〒112-0005 東京都文京区水道1-3-30
TEL 03-3868-3275
装丁・本文イラスト－いずみ椎乃
装丁デザイン－AFTERGLOW
（レーベルフォーマットデザイン—ansyyqdesign）
印刷－中央精版印刷株式会社

価格はカバーに表示されてあります。

落丁乱丁の場合はアルファポリスまでご連絡ください。

送料は小社負担でお取り替えします。


ISBN978-4-434-31332-5 C0093